一只等风吹上天的猪

A PIG WAITING FOR THE WIND

美文日赏——主编

U0911831

天津出版传媒集团
百花文艺出版社

图书在版编目（CIP）数据

一只等风吹上天的猪 / 美文日赏主编 . -- 天津 :
百花文艺出版社 , 2018.6

ISBN 978-7-5306-7419-2

Ⅰ . ①一… Ⅱ . ①美… Ⅲ . ①故事 – 作品集 – 中国 –
当代 Ⅳ . ① I247.81

中国版本图书馆 CIP 数据核字 (2017) 第 268565 号

责任编辑： 魏　青　　**装帧设计：** 肖　杰

出版人： 张纪欣
出版发行： 百花文艺出版社
地址： 天津市和平区西康路 35 号　**邮编：** 300051
电话传真： +86-22-23332651（发行部）
+86-22-23332656（总编部）
+86-22-23332478（邮购部）
主页： http://www.baihuawenyi.com
印刷： 廊坊市鸿煊印刷有限公司
开本： 880 × 1230 毫米　1/32
字数： 137 千字
印张： 7.25
版次： 2018 年 6 月第 1 版
印次： 2018 年 6 月第 1 次印刷
定价： 38.00 元

01

目录

哪有什么顺风顺水，还不是和命运死磕

你不爱我时，我也那么闪耀

去过踮起脚尖够得着的生活

03

目录

一只等风吹上天的猪

哪有什么顺风顺水，
还不是和命运死磕

哪有什么顺风顺水，还不是和命运死磕

马宗武

有那么几年，曾经的同学或工友来北京出差、旅游，我所在的中央人民广播电台是他们必到的地方，仿佛这也成了一个旅游景点。他们在参观完我的工作环境，尤其是看完传说中的直播室后，总会说一句："原来，你真的在中央台做播音员，而不是修车啊。"

我哑然失笑，我在故乡做汽修工十年，修车是我赖以生存的技能。在他们的眼中，我即使离开那个汽修厂，想要养活自己，还得靠这项技能。而且，在他们的意识中，能进中央人民广播电台工作，尤其是做播音员，不是高官后代，没有耀人眼目的学历，那怎么可能呢。

他们和我是同学，知道我的起点，父母早亡，中学未毕业就开始修车，和他们一样在戈壁大漠度过自己的青春年华。即使是在我修车的那家公司的广播站，我也没能做成广播员，怎么我离开故乡三年多，就进了国家电台工作，如果不是修车，那能做什么呢？

所以每一次，他们问起这个话题，我不知怎么回答，就只好说："我只是走运而已。"

只有我知道，人生，哪有那么多的好运气。

是的，我起点低，初三只上了不到一学期就辍学了，至今也没有一张中学毕业证。所以，在故乡我只能做最辛苦的工作。而广播站的播音员，宣传口干事的文员，不是官员的子弟，就是相关专业的毕业生，我得面对现实。

幸好，在故乡修车的十年中，我遇到了广播和书籍，它们打开了我通往外面世界的窗口，也支撑着我，脱下沾满油污的工作服，走出那片我曾流汗流泪的土地，来到北京寻梦。

当然，寻梦的路是崎岖的，初来北京没几天，我就感到了不适应。

为了能解决住宿的问题，一个同乡帮我联系了学校负责管理宿舍的老师。恰巧，那段时间正值暑假，宿舍空余的床位较多，我得以顺利地住进学校。

在我之前，那间宿舍里还有四个同学。尽管已经放假，但他们都没有回家，整天在宿舍里打牌聊天，宿舍里总是乱哄哄的，我这样一个外人突然闯进来，打破了他们的习惯，他们很不习惯，于是通宵玩闹、喝酒，意图通过这种方式撵我走。

初来的那个晚上，我实在受不了他们的吵闹，又不好意思开口请他们安静下来，就在操场待了整整一夜。

那年我 26 岁，他们都比我小几岁，又都是富家子弟，心里哪容得下别人。我知道他们在宿舍里整夜打牌喝酒，狂欢至深夜的目的。如果是以前，我可能会跟他们理论几句，但我知道，我身上的钱不多了，外面的招待所是万万住不起的，我必须要住进收费低廉的学校宿舍，我必须要让他们接纳我。

于是，第二天我起床后，主动收拾宿舍，打好开水。午饭时，他们还没有起，就帮他们打好饭，晚上他们玩他们的，我睡我的，居然也能顺利入睡。几天下来，我们熟悉了，他们也就不好意思再这样跟我对着干。

这，还只是一个小插曲。

生活，逐渐向我展示了它残酷的一面。

从新疆出来时，我身上有三万多块钱，但随着学费、生活费的支出，这些原本就不多的钱越来越少。课余时间，为了赚点钱，我常会做点配音和解说的工作。

有一个冬夜，央视的一档节目叫我去试音，通知我晚上八点前到。七点半，我就到了约好的录音机房。那个月我口袋里只剩下十块钱，另一档节目的配音费还有一星期才能拿到。我想，如果今晚试音顺利通过的话，就恳请节目组的老师先支给我一百元钱，这样，我就能熬过这一星期。

可没想到，那天录音机房一直到晚上 11 点才轮到我配音。五分钟的片子，我反反复复录了将近半小时才终于完成，战战兢兢地交给节目组的老师。

从这个位于皂君庙的机房到传媒大学的公交车，末班车是晚上十二点。如果十二点前能告诉我是否通过，即使不能提前给我支取工资，我也能赶上末班车。这样，十块钱也足够我回学校的车费了。

时间一点点过去，我焦急地等待着结果，一个多小时后，凌晨一点半左右，他们告诉我，我的配音没能达到他们的要求，当然，也就没法给我任何费用。

我摸着口袋里那张孤独的十块钱的纸币，嗫嚅着恳请那位老师，让我能在门口的沙发上挨过这个冬夜，因为我实在没有打车回学校的钱了。那个年轻的老师看了看我，勉强答应了下来，让我天一亮就赶紧离开这里。

那一夜，失落和怀疑让我无法入睡。播音是我一直以来所喜欢的，为了它，我甚至丢了“铁饭碗”，远离熟悉的人群，背井离乡，千里迢迢来北京学习。可是，我居然连一个节目组的配音要求都达不到，那这一生，我还能依靠这个生活吗？

那个冬夜，我蜷缩在那个录音机房的沙发上，孤独，落寞，直到天色渐明。

很多年之后，每次当我路过皂君庙的那家机房时，总会想起当年的那一幕。我真想走到那个在暗夜里伤怀疲惫的年轻人的身边，陪他坐下来，告诉他这点小挫折不算什么，谁的专业的娴熟不是从失败中一点点积累起来的呢？在错误中总结经验，然后经过千百次的锤炼，你总会越来越熟练，越来越成熟的。没关系，坚持着走过去，你总会迎来明媚的阳光。

这些年，每次当我失去斗志的时候，我都会再回到我在女子学院读书时住过的那个地下室看看。

北京，北四环小营世纪村小区。我曾住在这个听上去很气派的小区里的一个由防空洞改装而成的地下出租屋。

顺着楼梯往下走。楼梯很狭窄，下面却别有洞天。第一次进去，那条一望无际的长走廊真的深深震撼到我了，恐怖片也不过如此吧。走廊两边是密密麻麻的木门，木门上头是一个巴掌大的排气口。每扇门上边都有一个号码，大概是老板为了方便管理而设置的。走廊尽头的那间房就是我和当时的同学一起租住的地方。

因为是地下室，所以屋子里散发着潮湿的霉味。房间很小，大概只能放下三张单人床和一个小桌子。唯一让我觉得给房间增加了几分色彩的，莫过于桌子角落里高高的一摞书。

房间与房间之间的墙是假的，没有丝毫隔音的效果。半夜有人走过大声吵闹的声音，不远处的公共卫生间冲水的声音，舍友们熟睡中发出的打鼾的声音，这些都清晰可闻。当生活将它隐藏的伤口赤裸裸地撕裂给我看的时候，我除了接受，还能做什么呢？

生活可以廉价，但梦想不可以。

正是在这样的环境里，我越发地懂得，梦想，唯有你努力争取才会有曙光乍现，只有你坚持不懈，它才会向你露出笑脸。

其实，这世界，哪有什么顺风顺水，生活里，又哪有什么一步登天的快捷方式，远方的目的地都是一步一个脚印踩过去的。在这个过程中，你会走过泥泞，面对困难，经历磨难，每一样事情都有可能打败你，让你投降放弃。但是跨过去，战胜它们，它们又会让你成长。人生就是这样不断地轮回，只有死磕到底，你才会最终获得你想要的东西。

一无所有地去闯荡

秦苗条

[01]

有句话叫作置之死地而后生。

阿宋说，这大概就是她最真实的写照。彼时，她坐在咖啡厅，妆容精致，优雅端庄，与那个在惊慌的雨夜里流着眼泪问我借三百块钱的她判若两人。

我只是阿宋的网友，因为和她喜欢的人在同一个城市，所以聊天就分外多了些。

她千里迢迢来找喜欢的人的时候，还很开心地发了条消息给我，她说，我要去了，好紧张啊。

我告诉她说，别紧张，这个城市向来温柔，路灯温暖昏黄，房子宽阔敞亮，超市很晚才关门，早餐店很早就开门。

她回，嗯嗯。

后来，她来这里，不曾与我联系，我也好奇她和那个男生的进展如何，却不好意思主动询问。

大概六七个月后，她又发我消息，说，你有现金吗？能不能来见我？我在 XXX 公园。

我说，好。

已经走心，就不怕上当。

[02]

N 城向来少风少雨，然而我去见她那日，天气却像是被惹毛了的猫，性情大变，刮了大风，下了大雨。我裹紧衣服艰难前行，最终在黑暗的公园东侧看到瑟瑟发抖的她。

我迟疑地叫，阿宋。

她缓慢转过身来，也叫我的网名，北施？

我说是我，然后拉着她一同到地铁口避雨，她浑身湿透，冻得哆哆嗦嗦，然后局促不安地说，北施，你能借我三百块钱吗？

我没问她理由，把钱递给她。她朝我鞠了躬，说一定会还我的。

三百块，既然给了她，便做好了打水漂的准备，只是她这个样子，实在让人心疼。我问她，发生了什么事？

她咬紧下唇，只有眼泪掉出来，却并不言语，估摸是还没做好心理准备。

她买了当天的车票回家，回家后把钱转我，从此又杳无音讯。

[03]

她再来 N 城，便是来回答我这个问题的。

她说，她被喜欢的男生骗到了传销组织，身上的现金，卡上的钱，全部给了男生。

没有钱之后，同那个男生在一起，她依旧开心。阿宋住在男生租的小房子里，两张床，她睡大床，男生睡小床。“下班”之后，他们会手挽手去超市买菜买肉买馒头，回去做饭。她说，那时候，她真的觉得 N 城是个温柔的城市。

她日日被男生洗脑，如同打了鸡血，觉得未来的一切都是光明的。

甚至，她还怂恿自己的亲朋好友一起来。闺蜜警告她说，这可能是个传销组织，她还差点同闺蜜撕破脸。

也真的有许多同学经她开始投资，发展下线。

后来，事情败露，她的钱全部都没了，非但如此，当初拉同学来的时候，她为了打消同学的疑虑，说如果赔钱只当是自己借的，所以，一夜之间，她已是债台高筑。

更让人绝望的是，那个男生跑了。

毫无预兆地，便消失了，什么都没有留下。

男生的逃跑，比所有的债务都让她绝望。因为，她觉得这场让她放弃所有千里迢迢前来追随的爱情更像是一场预谋已久的骗局。

阿宋讲到这里的时候，忽然笑了一下，说，如果不是忽然想到你，我大概会自杀，绝望真的可以战胜对死亡的恐惧的。

[04]

回去之后，相熟的同学不好逼她，但那些平日并不怎么交好的同学却日日打电话骂她，要她还钱，叫她骗子，说要叫警察抓她。

阿宋一度焦虑到神思恍惚，白日黑夜里都会出现幻觉。

她撩起袖子给我看，有黑黑的烫疤。她说，这是我烫的，我夜里睡不着，便把之前想送爸爸的烟点着按上去，点着按上去。

我轻拍她的手，谢谢你坚持下来了。

阿宋一直这样浑浑噩噩地过着。直到有一天，阿宋的妈妈打电话过来，问她过得好吗，有没有钱花。

她忽然惊醒过来，自己竟然忘记了，还有远在家乡的爸爸妈妈。

她又仔细掰着手指头算了一遍，欠下的债统共不到五万块，因为这五万块和一个骗子，她竟然差点狠着心肠要离开含辛茹苦将自己养大的父母。

阿宋大哭了一场，然后擦干眼泪，打扫了屋子，扔掉了香烟，打开电脑，开始找工作，投简历。

她刚毕业不久，念书时也是一副吊儿郎当的样子，所以简历并不出彩，即使幸运可以有面试的机会，也很快被竞争者给比下去了。

于是，她晚上去做兼职，白天奔波着找工作。

也想过放弃啊，只是每每想起父母，心里就会涌出一股力量。

一夜长大，大约都是要经过些不得已的变故。

[05]

阿宋向来疲懒，以往总喜欢赖床，而那段日子，她却连五个小时的睡眠时间也没有，同时，在那段时间里，她还借了学妹的教材，重新学起英语来。

她说，我不是为了梦想，我就是想找份工资高的工作，早早地把债务给还了。

她夜里做兼职，趁着轮班休息的时候背英语单词，听听力，一同工作的人总叫她好学生，嘲笑总比敬佩要多，她也从来不管不听，只埋头做自己的事情。

阿宋说，我以前是个很好面子的人，若是做什么事情有人谈论了，便铁定不会再做了。那段时间学到的最有用的一句话，便是“走自己的路，让别人说去吧”。

她趁着兼职的时间，又重新背了一遍英语八级词汇，就连做梦都在拼。

听力反反复复听了很多遍，她找到新的很不错的工作之后，又从生活费里划拉出来一部分，买了视频课。

她觉得很讽刺，念书的时候有那么好的资源却从来不用功，倒是进了社会，才明白过来学习的重要性。

阿宋初来公司没多久，便已经被领导看好，觉得她做事谨慎，又勤奋上进，很快便将她提了主管。

[06]

努力的人生像是开了外挂。

阿宋在公司里越来越如鱼得水，为人却一直低调，依旧是来得最早回得最晚的一个。公司里有男同事等她下班，阿宋一朝被蛇咬十年怕井绳，无论如何都不敢让男同事走近自己，时常冷着一张脸，狠狠拒绝。

回到自己的小出租屋里时，阿宋偶尔也会想，那个男同事真的挺好的，若是她先遇见了他，两个人倒也有可能走到最后，只是现如今，她有过那么一场情伤，便再不敢轻易把心掏给谁了。

男同事还死皮赖脸地来过阿宋的出租屋一趟。

拥挤潮湿又阴暗，没有冰箱，只有一台破旧得吱吱嘎嘎响的电风扇，男同事盯着阿宋半天没说话。阿宋如芒在背，又冷着脸将男同事撵走。

她以为男同事早早便离开了，没想到半晌才又听到男同事靠着门轻轻说了声，阿宋，我很心疼你。

她很久不哭了。

连发霉的面包都没得啃的时候没哭过；端盘子的时候被滚烫的汤汁烫到没哭过；刚发了工资马上还了同学，连交电费的钱都没有的时候没哭过；加班太晚，没追上末班车，一个人走了两三公里回家的时候没哭过；楼上漏水淹了她家的时候没哭过……

可听了他那句话，她的眼泪唰地就掉了下来。

她开门，仰头问他，你凭什么同情我？我过得不好吗？我工资拿得比你高好吧？我……

男同事说，阿宋，我不同情你，我爱你，我心疼你，我想让你过得更好。

阿宋不说话了，只有眼泪在无声地流淌着。

[07]

阿宋加班加得凶，跟玩命似的，饮食不规律，睡眠又不足，很快便病倒了。

自从那件事之后，她便没有什么安全感，时常觉得自己刚刚倒下，便有人顶了自己的班，抢了自己的饭碗。

她这个时候才慢慢意识到，也许比起一屁股债，她失去的更重要的东西叫信任。现在的她，不相信爱情，不相信别人，也不相信自己。

她一个人，过得是很孤单的。

阿宋在医院的时候，同事们来看过她一次，叫她宋姐，说公司没了她都要乱套了。男同事也来了，抱了花，红玫瑰。大家嘲笑他，说谁来看病人送玫瑰的？

他挠挠头，说，我来看阿宋送红玫瑰。

大家一副很懂的样子坏笑。

阿宋躺在病床上，一句话也答不上来，依旧冷着一张脸，淡漠又疏离。

后来，男同事又来，送来熬的老鸡汤、排骨汤、老鸭汤，也送过皮蛋瘦肉粥、银耳水果粥，不知道从哪里打听到阿宋喜欢吃栗子，又足足剥好了一斤放在阿宋床头。

[08]

后来呢？我问她。

阿宋笑笑说，后来我的病好了，全好了。

男同事终于走进她的心，将她带到了一个阳光明媚的世界。她的努力和上进已经变成习惯，又看了好多书，学了许多课，更加受到领导的器重。大家对她从来也是心服口服，欠下的那些债，她早已还清，搬了家，换了一个有阳台有落地窗的大房子。

像是从地狱到天堂。

前男友联系过她，道歉之后说，我这边这次真的有一个特别好的项目……

阿宋说，滚你妈的。

和阿宋告别的时候，她说，我无比庆幸我一无所有时所做出的选择。人生啊，如果不努力一把，谁都不会知道自己能变多强。其实，挫折，大概也是一种恩赐，给你一次重新选择的机会。

所以啊，别怕，咬着牙，熬过去，又是新的一天，温暖又明亮。

我也曾在深夜，一个人流着泪吃饭

夏与至

[01]

日剧《四重奏》里有一幕场景我印象很深，卷真纪看着一边流着泪一边大口吃饭的世吹雀，有些释然地感叹道："哭着吃过饭的人，是能够走下去的。"

我当即被这句台词戳中了，截了图，然后发给朋友，感慨地说道："不知为什么，我一看到这句话，就想到了自己，突然好想哭。"

朋友回应道："我也是，我刚来北京的第一晚，就流着泪吃完了一碗牛肉拉面，不是因为面汤咸，而是我实在太想家了。"

这么聊着聊着，很多封存在我脑海里的记忆瞬间翻涌了出来，点点滴滴，皆让我难以忘怀。

[02]

高一那年，我离开了家，到离家很远的地方上学，每个月只能回一趟家。

虽然不是第一次出远门，可我身处一个完全陌生的地方，还是会感到孤单和不安。

那时的我沉默寡言，内向木讷，身边没有一个熟悉的朋友，又不太会和同学聊天交流，所以总是踽踽独行，到哪儿都是一个人。

高一的一次放假，因为家人有事在忙不能赶来接我，我只能在学校留宿一晚。

那天同学们早早地就坐车回家了，教室里空荡荡的，宿舍里也是，同学都走光了，就只剩我一个人。

以前觉得宿舍里吵吵闹闹的，让人心烦意乱，但当我面对空无一人的房间，却倍感孤独。

为了打发时间，我坐在椅子上看起了三毛的《撒哈拉的故事》。没想到我看书入了迷，不知不觉间竟从下午五点一直看到晚上八点半。

我急急忙忙地拿着饭盒赶到食堂，可食堂早已关门。我一个人失魂落魄地走在偌大的操场上，感觉自己的心一点一点地渗出泪，我难受得想要大声叫喊，但是身边连一个可以倾诉的朋友都没有。

无奈之下，我只能走到学校的小卖部里买了一包方便面，打算晚上靠泡面充饥。

整幢宿舍楼都很安静，几乎听不到任何脚步声，我一个人坐在宿舍的椅子上，将滚烫的开水倒进盛着方便面的饭盒里，然后盖上盖，坐在一旁等待。

这时，我的肚子叫了起来，似乎在宣泄对我的不满。我饿极了，还没等满三分钟，便迫不及待地打开了饭盒，一瞬间，热气迅速在周围散发，方便面还没有完全泡好，但也已经软了许多。

就这样我不管不顾地吃了起来。

平时我并不喜欢吃方便面，那是我上高中以来第一次在宿舍吃泡面，而且还是一个人。

现在我已经完全忘记了那包方便面是什么口味的，或许是红烧牛肉，又或许是葱烧排骨，我记不清了。

我只记得，那碗热腾腾的泡面并没有包装上看起来那么美味，它就只是一碗普普通通的面而已——没有牛肉，没有蔬菜，连一个简单的荷包蛋也没有。比起家里美味可口的菜肴，它平淡极了，也逊色多了，但那个味道我永远难忘。

我一边吃着，一边想到了家，想到了父母，同时还想到了月考自己那一塌糊涂的成绩，以及自己和同学间糟糕的人际关系，不知不觉间，眼泪簌簌落了下来。

可是，我实在太饿了，以至于我连眼泪都顾不上擦，含着泪大口大口地吃完了剩下的泡面。

那一晚，我睡得并不踏实，翻来覆去睡不着，我心里的惆怅如窗外的月光一般，清冷又绵长。

独处虽然冷清，却能让人清楚地看到自己的处境——也是从那时起，我慢慢成长，也更加坚强了。

[03]

高三最后一个月，我成绩糟糕得全线崩溃，没有哪一门科目能够让老师家长满意，而我也渐渐对自己失去了信心和希望。

那会儿，我父母像是有种我不可能考上好大学的预感一样，虽然对我仍是鼓励，却不再提及之前他们为我定下的重点大学的目标了。

离高考还剩最后三天，我特地从学校赶回家复习，打算为高考做最后的准备。

家人依旧为我做了很多我喜欢的菜：酱闷排骨、红烧肉、番茄炒蛋和参鸡汤，他们一个劲儿地夹菜给我，目光却已不如之前那般充满热烈期待。

母亲以一种非常平静的语气对我："孩子，你多吃点肉。高考你不用那么紧张，放宽心，我也不求你上什么重点大学，你尽力就好了。”

父亲也应和道：“是啊，你尽力就好，尽力就好。”

他们的眼神中有种难以掩饰的失望和无奈，他们早已不奢望我能在高考中考出什么好成绩了。

其实我更希望他们鼓励我，就算是责怪我最后一次全市统考为什么考砸了也好。

可是他们没有——他们像是面对一个被判定了结果、无法改变现实的人说了一句安慰话：没关系，你尽力就好。

那顿晚餐非常美味，可是我却食不下咽，我囫囵吞枣般吃了些饭，就以复习为由匆匆逃回了房间。

我想他们一定是对我太失望了，他们已经放弃我了。

大概也是感觉被他们放弃了，我才开始意识到自己无论如何都要用尽全力去努力。

毕竟，我真的真的不想再让谁继续失望下去了。

那天晚上，我熬夜看书到凌晨三点，脑子被各种晦涩难懂的公式定理占据，不仅困得眼睛干涩，连肚子也变得空空如也。

我实在饿得不行，只好蹑手蹑脚地走进厨房，偷偷拿了一袋面包片回房间。

蝉声四起的闷热夏日，哪怕到了深夜，依旧热得让人大汗淋漓。

我的房间里没有空调，我只好忍着热，一边吃着面包片，一边翻看整理好的错题集。

那时候，我对遥远的未来充满迷茫，更对即将来临的高考心生恐惧，一想到成绩单上自己惨不忍睹的成绩和父母那失望无奈的神情，我的眼眶渐渐湿了起来。

眼泪顺着眼角落在笔记本上，洇开了曾经的笔迹，一点一点，我的视线慢慢模糊了。

我不知道那晚是什么时候睡着的，只知道第二天一大早就被父母的说话声吵醒了，我睁开眼发现自己不是睡在床上，而是趴在书桌上。

直到高考最后一晚，我仍在拼命地看书复习，心想纵使失败，好歹也要输得漂亮一点。

我就像抓着一根稻草——哪怕最后一根稻草漂浮在水面上，我也要用力地抓紧它，就像抓住了仅剩的希望。

七月份，高考成绩出来，虽然依旧不太理想，但比最后一次统考的成绩高了几十分，总算让失望的父母的脸上露出了一丝微笑。

曾经的失望最后变成了希望。

[04]

二十岁那年暑假，我一个人在南京找了份实习工作。

那份实习工作烦琐辛苦，工资却微薄，于是我只能住那种最简陋的出租房，没有空调和独立卫生间，大夏天的还得和一大群人挤一个卫生间。

朋友曾经问我为什么要那么早实习，他们大都趁着难得的假期去想去的地方旅行，做让自己高兴的事情。

“那么热的天，你一个人住一定很寂寞吧？”去马尔代夫度假的森发微信问我。

一时间，我竟不知作何回应。

想起很久之前看高木直子的绘本《一个人上东京》，那会儿我对独居完全没有概念，也不知道一个人究竟要怎么生存下去，却莫名其妙地对那样的生活充满向往。

就好像安东尼说的那样：那些我们一直惴惴不安又充满好奇的未来，会在心里隐隐约约地觉得，它们是明亮的。

八月，南京的气温高达四十度，柏油马路像快融化一般，热气氤氲在整座城市上空，我整个人被滚滚的热浪和难闻的汗水包裹着，难受极了。

那晚我因为工作失误，被老板劈头盖脸地骂了一通，还不得不留下来加班，直到十点多才回到出租房。

这一次，我连泡面都没得吃，就只能将电饭煲里剩下的米饭热了热，放上油盐搅拌几下，狼吞虎咽地吃起来。

我一边吃一边想，南京的夏天究竟什么时候才能过去，油盐拌饭并不好吃，而我已经有好几个星期没有吃肉了。

我心酸难受，泪水瞬间流了下来，可我依旧饿，只能一边流着泪一边吃着饭。

直到八月结束，我怀揣着微薄的工资离开了那个破旧的出租房。

[05]

日子被汗水打磨得越发光亮，走过艰难的时刻后，路也慢慢变得平坦宽阔了。

我没有再在深夜里吃过油盐拌饭，却清清楚楚地记得那种平淡苦涩的滋味。

后来每当我看到“不曾在深夜痛哭的人，不足以语人生”这句话，总是会笑笑，心想，我可是那种曾经在深夜里，一个人流着泪吃饭的人呢。

以前一直以为，凡事只要努力，便会得到想要的结果，但这么多年过去，我才发现自己错了。

生活从不会把你喜欢的美味佳肴摆在你面前，很多时候，你的选择就只有那些平淡无味的泡面、面包和拌饭。

但是，你不能因为它们难吃就拒绝下咽，你要把痛苦和绝望咀嚼成糖，用汗水为它们加上厚重的调料，哪怕是一个人在深夜，流着泪也要把饭吃下去。

将所有失望惆怅留在昨天，不管昨夜经历了怎样的泣不成声，早晨醒来，这个城市依旧车水马龙，而自己依旧要继续走下去。

每一个人都在自己的生活里孤军奋斗

云朵默

[01]

昨晚，我胃肠痉挛及重感冒卧床，恍恍惚惚三十多个小时，浑身酸痛，一个人躺在床上，多盖了一床被子还是感觉冷。

朋友给我发微信，我强撑着点亮手机屏幕，还是没有一丝力气去和她聊点什么。

第一反应，我会死掉吗？

突如其来的恐惧让我不敢入睡，在朋友圈发了一句：感冒咯，难受鼻塞，头眩晕，看着天花板像极了一个万花筒，孤独地旋转个不停。不是矫情，而是这次的感冒让我莫名害怕。

我已经连打个电话通知楼下姐姐的意识都没有了。

紧接着一个恐怖的问题飘忽在脑海里：如果我死了，多久才会被人发现？

母亲年事已高，除了通话，她极少上门来看我，如果电话打通了我没接，她也准以为我在忙，或者没听见，会过几天再打。

至于住在我楼下的姐姐，我甚至都不敢指望她。我们一层之隔，我每天都路过她家，她却从不踏入我的家门，更像熟悉的陌生人，呵呵。

身边应该不会有突然怀疑我死掉的朋友，一个人居住一年有余，从来没有一个人来过我的住处。

如果我没去单位上班，领导顶多会让行政部打电话问我怎么回事，然后整个公司还是正常运作，行政部连续打不通的话会估摸我是旷工，也就按旷工处理。

同事也会估摸我有什么事没来，傻乎乎地帮我打掩护。

微信群几十个，就算一个人很久不冒泡，也不会有人满世界地找我。公众号太久没更新，可能会有人在后台问问我怎么没更新，可是久久没有回应，一气之下也就取消了关注。

等我被发现时估计会成为一具干尸吧。我努力地呼吸，真怕自己断了气。后来我不知不觉睡去，当一束刺眼的阳光从窗户照射进来时，我苏醒了，我庆幸自己还活着，我拖着酸软的身体，笨拙地穿上衣服，喝了床头的冷水，扶着墙向楼下的诊所走去。

不是矫情，而是一个人病了就会脆弱，脆弱地在自己的世界里咬牙前行。

在我们最需要有一个人去依靠的时候，往往到最后都是自己一个人挺过去。

[02]

某天跟同事聊天，同事说她没有家。

我惊呼，她怎么可能没有家，她已婚五年，孩子三岁，老公在一家金融公司上班，这不是她的家吗？

她说："我是没有自己的家。"

我错愕，现在的三口之家不就是自己的家吗？

她说："我怕，怕万一哪天不幸，婚姻破裂无处可去，所以我极力小心翼翼地维护着。"

我骂她一天到晚想太多，这是不可能的事。

结果她的理论把我给推翻了，她说你知道为何在婚姻里要去维护，要去忍，要去妥协，要去包容，要去接受吗？

我偏着脑袋说："我当然知道，不就是为了自己的家，舍弃所有的个性吗？"

"对！为了这个家。万一包容不了，忍不了，这个家就会土崩瓦解的，那我该去哪里？"她说。

我想都没想地就说："你回娘家嘛，父母总不会不管你吧！"

她冷冷地笑了，意味深长的样子。

父母年事已高，我可以回家蹭一两个月，蹭一辈子可能吗？而且弟弟已婚，回家还能有我这嫁出去的女儿的落脚点吗？岁月越苍老，再深厚的血浓于水的亲情，也会因为各方面的因素发生变化，帮助是一阵子，不会是一辈子，万事还是要靠自己。

“你离了婚，男方总得给你补助一点吧？别担心。”我说。

她又笑了，这次她只说了一句话：“看你遇到怎样的人。”

我不解，但也没有多问，因为听了太多身边已婚者的故事，我才发现，婚姻虽说是两个人的事，但是在生活里，更多的是一个人在婚姻里前行。

一个人上班，一个人做饭，一个人接孩子，一个人在深夜里落泪，一个人做很多事，学会未嫁时不会做的事，对方参不参与还得看是怎样一个人。

时间越长，恋爱的温情会化作亲情，角色也在岁月里变化，每个人都在扮演各自的角色，在纷扰的人群里孤军奋战。

[03]

我认识一个四十岁的大姐，三十岁结婚，在孩子两岁的时候跟丈夫离婚，一个人带着孩子从县城来到城市打拼。

我问她为何要离婚，至少两人可以相互照应，大姐深呼一口气，徐徐向我讲述了她的故事。三十岁之前一直都是一个人，她对爱情抱过幻想，但对婚姻嗤之以鼻。

因为她文化程度不高，家底子不好，早年父母双亡，她排行老二，为了生计学了理发的手艺，在县城开了一家理发店。一年又一年的忙碌，有时候忙起来，甚至连饭都吃不上，她家四姊妹，挣的钱还得拿回家贴补家用。

每给一个客户剪发赚一块，一天十个客户才有十块，一个月三千个客户才有三千块，还得刨除成本，到手所剩无几。三十岁，经人介绍认识了从另一个城市返乡的亲戚带的一个朋友，二人没有相处多久便结婚了，但是婚后生活质量并没有提高，男人离乡务工，抛下她继续在县城里头。

冷暖依旧是一个人自知。后来有了宝宝，丈夫也就那时回来得勤点，之后回来得越来越少。她哭过闹过，男人也是一番爱莫能助的姿态，寄回家的钱简直不能救近火。在一个人熬过了所有岁月后，她心灰意冷，无奈之下离婚了。

命运逼迫她离开了小县城，带着身上仅有的存款及五岁的孩子来到城市，找了城市里最差的房子安顿下来，找了民工学校让孩子上了学，她又去理发店打工了，一个人当爹当妈。一次偶然，她手腕受伤，再也握不住剪刀。

她的天塌了下来，孤儿寡母，在这个城市，无人知晓，无人可依靠，这一年她三十九岁，积蓄在逐渐减少，孩子的补课费、学费以及房租、水电费，家庭支出，样样要钱，她该怎么办？家乡的房子在风雨中摇摇欲坠，她哭了。孩子不知道母亲在哭什么，只是依偎着母亲。

在一片黑暗中，她买了很多会计方面的书，把自己困在房子里整整两个月，只有小学文凭的她硬是考了从业证书，虽然是初级。

那一刻，她哭了。那年她四十岁，会计并非有证就能胜任工作，需要实践。

这一年她频繁跳槽，不理解她的人都说她一把年纪还不踏实，只有她清楚，不这样跳槽她根本练不了手艺，也不能给孩子更好的未来。

现在工资低，可是等练了一身本领，她就可以接私账做，既可以多陪陪孩子，还有收入。

这些年，她依旧在自己的生活里孤军奋战，没有人知道她有多累，多艰辛，多不容易，自己的苦，也只有她明白。

[04]

有时候，我特别佩服那些受过磨难，在自己生活里孤军奋战的人，他们太坚韧了，吃了很多人都无法吃的苦，依然活着，活得跟一支队伍一般。

曾经有读者在后台跟我说：“云朵，我在一个陌生城市快过不下去了。”

那时候，我总会轻描淡写地回一句：“坚持不下去就回去，要么就咬牙挺过去。”

现在我才发现我是多么的愚蠢，不管人在哪里都在受累，我想最幸福的时光，最感受不到孤独的时候，就是读书那会儿，虽然功课难，但至少活在陪伴里，有老师，有同学，有父母，学习不会可以找老师，实在不行可以抄同学的，回家还有宠溺你如宝的父母。

但是等你长大了，置身于社会，经历过父母不再陪伴的日子，你才发现在这个世界上，赢得每一样东西都需要自己孤军奋战。

无论工作、爱情，还是婚姻、人际，都得靠自己。

因为帮你的人，只有自己。

困住你的，是年龄还是碌碌无为的恐惧？

周宏翔

回上海的时候，在朋友家住了一夜。这个出生于1993年的朋友现在在一家影视公司上班，明明才二十四岁的他，突然感慨一声：“我们公司来了一个1997年出生的实习生，我觉得自己好老了。”

衰老对他来说，似乎比没钱更恐怖。

他说，有一天他因为出门太晚忘记刮胡子，在公司开了一天的会，累得筋疲力尽，于是去洗手间洗把脸。当他洗完脸抬头看镜子里的自己时，完全被自己吓到了，他从未觉得自己这样憔悴过，松垮的皮肤，浓重的黑眼圈，横七竖八的胡茬，那一刻他真的觉得自己老了。

和我这个朋友一样，前几天和一个摄影师朋友聊天，1995年出生的，聊到后来，我问了一句，你们是不是觉得1990年出生的人特别老了？摄影师朋友看了看我，一边尴尬地发笑，一边点了点头。他说，完全无法想象自己五年后的样子，觉得好像是下个世纪的事情。

当然，他们觉得我看起来很年轻，虽然已经到了他们认为“老”的年龄。

我突然想起自己刚上班的时候，许多“85后”的同事对我投来羡慕的目光，那时候，他们总会挂在嘴边的一句话就是：“‘90后’真的好年轻啊。”

当时有一个对我特别好的姐姐，她和我说，每次看见我的时候，就会觉得时间过得很快，她进公司已经是六年前的事了，那时候她觉得自己是真的年轻啊，出差的前一天晚上还可以和朋友去KTV通宵，第二天一大早直接提着行李上飞机。说到后来，她只剩下一声叹息，然后说，年轻的时候就好好玩，千万别被工作拖垮了。

经常有朋友到家里来玩，说起眼下身边新来的同事，这些孩子已经开始工作了，天啊，真的不是雇佣童工吗？然后细细一算，自己距离三十岁越来越近，真的太恐怖了。

前段时间，赵雷的《三十岁的女人》还被网友吐槽，更有甚者，说1992年出生的人已经开始步入中年了。

这些将年龄看得如此重的人，恐慌得真的是衰老吗？

因为新书宣传，我去中央人民广播电台录节目，中间休息的时候，和主持人小马哥聊天，问起他过去的故事。

他说，他到这里来主持节目已经有八九年了，在成为主播之前，谁都想不到他是一个汽修厂的工人。那时候他在老家，每天面对的，是一辆又一辆没有感情和温度的汽车，经常躺在地上看着汽车的底盘过日子。

他在汽修厂工作了三年，每天夜里听着录音机入睡，有时候他也跟着录音机的文章念几句，有一天同寝室的室友告知他念得不错。某一天，他突然想到，是不是自己也可以成为电台主播？他去和师父辞职，说自己想要离开新疆，去北京学电台主播，他师父告诉他，他年龄已经不小了，没有必要去和年轻人争什么，何况每个人的命运翻来覆去，却始终逃不出人生的五指山。

但他还是收拾行李离开了，去了北京，一边打工一边在北京电影学院做旁听生，回家自己练习发音。幸运的是，那一年正巧北影有成人高考的机会，让他得以成为正式的学生。当时他比周围的同学都要大出好几岁，可是他一点也不慌张，因为他觉得这简直是上天在眷顾他。

最后他终于如愿以偿，进入了中央人民广播电台。

小马哥回想起这些年走过的路，最值得一说的，还是他始终不觉得自己老，当他看见一批又一批比自己年轻十岁二十岁的小家伙成为同事时，他更多的是觉得自己还要像他们一样保持激情和活力。

我在上海签售的时候，有一个姑娘冒着雨跑来书店，当时活动已经结束了，她远远地看着我，抱着我的八本书却不敢和我说话，默默地背着书走了。然后隔天在东华大学的活动，她又带着八本书去了，可是却没有找到教室。她给我微信后台留言，说她只是想找我签个名，结果发现总是错过。我看到后台留言的时候，已经是晚上了，碰巧的是，因为我机票订错，要在上海多待一天。我说，没事，我可以专门给你签，你在哪儿？

姑娘非常识趣，不想打扰我，问我从哪个机场飞，她可以去机场等我，结果我最终在虹桥机场见到了这个抱着八本书的姑娘。

因为距离起飞还有些时间，我就坐在旁边和她聊了一会儿天。姑娘说，她这些书是要送给她朋友的，她因为我的文章变得越来越勇敢，所以希望她的朋友也能勇敢一些。

她和我一样来自重庆，专科毕业，没什么好的文凭，二十三岁的时候，父母开始帮她计划相亲，让她安分守己留在家乡。但是她一直想去外面看看，她知道自己文化水平不高，说出来有些不自量力，但还是不甘心，于是收拾东西自己跑来了上海。

经过交谈，我了解到，她因为我的文章，越来越坚定了自己的一些想法。她说她没想过自己要混成什么样子，现在在一家巧克力店做销售，她觉得很开心，休息的时候也会去看电影去看演唱会，去感受大城市带给她的不同。她还计划和室友一起打工旅行，边走边看。她说在老家，很多人觉得女生一旦去了大城市就会变坏，她认为这是偏见，她始终觉得如果一个人内心坚定，就不会那么容易走偏。

她在上海待了四年多了，已经二十七了，她觉得周围年轻人很多，于是就更不能让自己显得老，她说她会去运动，去保持自己的活力，想做就去做，也就渐渐不再在意年龄对自己的限制了。

听她说完，我内心一震，我怎么都想不到，一个姑娘可以有这么大的勇气。姑娘最后给了我一袋巧克力，她说那是她们店里的最新产品。回家后我打开一看，居然是一大袋的 GODIVA！算了算起码值两千块，我瞬间对这个女生又多了一份敬意。

当你身边出现越来越多比你年轻的人时，你在恐慌什么？

真正开始感到恐慌的人，多半是因为自己尚且处在碌碌无为，又对未来毫无把握的状态，暗自和自己较劲，却又根本不知道生活的突破口在哪里，说到底，还是被繁重的生活拖垮了，却又不肯卸下重担去开始新的旅程。

一个五十岁的人，即使身体状况已不如二十来岁的人那么好，依旧可以随时开始自己新的人生。

同样的，一个二十来岁的人，即使自己处于人生中的黄金时段，也完全可能被生活所困，过着一眼就能看见未来的生活。

生理上的年龄是我们永远无法抗逆的，但生活方式上的年轻永远把握在我们自己手上。

要知道，衡量一个人衰老的标准永远不是年龄，而是心态。

心老了，再年轻也无用，心未老，老骥也能驰骋千里。

从每个艰难的“当下”迈向想要的未来

初小轨

[01]

在山东做了四场分享会，但凡是高校的提问环节，学生提出的问题听上去都那么绝望而无助。

比如，有人问我，转眼大三了，发现自己只是刷了两年手机，对未来一无所知，也不知道自己能干什么，我该怎么办？

比如，有人说，出去找工作，实习单位换了一个又一个，见到了很多肮脏的嘴脸与潜规则，既渴望这些中产阶级的优越生活，又厌弃这些虚伪人群的觥筹交错，我才二十一岁，就感觉这个世界不可救，我又该做一个怎样的人？

像这种还未步入社会就料定自己走投无路的学生，还有很多。

我微博私信里躺满了许多孩子脆弱而认真的慌乱。

为什么越是青春年少，越是会更多地去思考意义与方向这样的命题？

是因为越是少不更事，越容易迷失吗？

是人随着年龄渐长，迷茫就会自然而然化解吗？

并不是。

[02]

迷茫与艰难从未消失，只是因为我们越老去，越容易受困于稳定。

一旦稳定下来，越来越多的人会将曾经的英雄梦想雪藏，不能实现又无力改变，就只好不问明天地过好眼前这一生。

娜塔莉·波特曼这个幽灵式的小妖精，你们一定知道。

十三岁就出演了《这个杀手不太冷》的女一号，对啊，就是那个撩杀手撩到胃暖的小姑娘啊。

2015 年时，她回母校做毕业演讲。

波特曼回忆说，当导演问她能否出演《黑天鹅》中追求完美的芭蕾舞者时，她觉得没问题。

可开始拍摄后，她却发现自己的舞步远远没达到电影要求的“完美”水平，这让她不得不付出百倍的努力去让自己真的“没问题”……

她坦诚地说，接受这个角色并不是出于勇气，而是出于“无经验”，类似于一种“无知”，让她意识不到自己面对的是一个挑战。

“如果知道自己的局限，我是绝不会去冒这个险的。最后，这次冒险成了我最好的一次艺术体验，也是最棒的一次人生经历。”

她说：“你的无经验是一笔财富，会让你用最本能、最不受局限的方式来思考问题。每当着手新事物时，你要么让这种无经验将你领上他人走过的道路，要么就让它帮你开拓属于自己的道路，就算你不知道自己究竟在做什么。”

[03]

所以，当有人问我，轨姐，我真的不知道自己到底想要什么、能做好什么的时候，我会告诉他，那就跑起来，不要站在原地不动。

人生方向本身就是一个探索性命题，没有人可以让每一步都走得笔直而有效。

机会总是在无限尝试中遍地开花。

讲一个小表妹的故事。

她二十二岁从英国留学回来，竟然去考了公务员，尽管成绩出来后是第一名，但我还是感受到了汉堡就大葱的可惜与惆怅。

在一家“鲜芋仙”门店前，她跟我对视而坐，气定神闲地用小勺挖着碗里的芋头和冰碴子，全然一副生活美好的满足。

我忍不住问她，你喜欢现在的工作吗？

她点点头，说，喜欢。

我一乐，说，体制内的岗位呢，会有些枯燥，而且你一开始要在基层干很久，你确定周游世界后，自己愿意被锁定在这样机械的生活中吗？

她默默抬起头说，我考公务员之前，回国待了一段时间，去窗口排队办事的时候，经常看到一些工作人员会对流程不清的老一辈爱答不理，说话没好气儿，明明可以一次叮嘱清楚的手续，非得分好几次说完，搞得这些老人为了一个章要来回跑好多趟。我觉得很不舒服，我想如果别人来找我跑手续、盖章，我一定不会这样，我会做得好一些。

我当即汗颜。

就是这样一个听上去好像在冒傻气却又简单明晰的原因，让她选择了一条截然不同的路。

[04]

一提梦想，很多人觉得一定要宏大；去实现时，首先担心的是全世界的反对。

怕换一份工作还是不喜欢，怕不成功会被人笑话，怕遵从内心会让自己看上去太异类，怕一步走错会没有机会后悔，怕梦想得不到父母的支持与理解。

每一条路，都有人生，有人死；每一份工作，都有人做得风生水起，有人做得肝脑涂地。

人与人之间，是不一样的。

著名导演斯皮尔伯格说：“在人生的前二十五年中，我们被教导要倾听他人的声音。父母和老师用各种智慧和信息填灌我们的头脑，老板和导师也从他们的立场出发，告诉我们世界究竟是怎么一回事。通常，这些权威的声音听起来很有道理。”

很多过来人用他们认为的“对”，在定义“你是谁”。

而真正能把“我是谁”这件事搞清楚的，是你的每一个选择，每一次得失。

迷茫，有时候并不是因为你想得不够多，而是你在梦想面前不敢割舍。

很多年轻人总说自己不敢。

我说我二十岁开始写作，但花费了接近十年的时间才实现了自己喜欢的写作状态，才实现了通过写作来过上体面的生活。

有小姑娘跟我说，轨姐，我们不一样，你知道自己要什么，而我不知道。

嗯，在我刚毕业的时候，我认为自己想成为一个无冕之王，于是我去报社做了记者，后来发现我可能搞错了。

于是，我辞职北上，从一个月薪两千八百块的实习小北漂干成了一个年纪轻轻的副总裁，我觉得成为一个女高管应该就是我的英雄梦想了，但是我可能又搞错了。

于是又经历了几次尝试，我最终回归全职写作的状态。

[05]

所以，知道自己想要什么很重要吗？

并不啊，知道了又怎样，反正有可能还是会是错的呀。

那些看上去人生方向很明晰的人，也不见得当下就过着自己想要的人生。

有时间可以快速试错是年轻的最大优势，毕竟，试错成本比较低。

当你年纪渐长，有妻有子，有沉淀了多年的行业优势，你就同时拥有了大量的难以割舍的沉没成本，你就会受困于稳定，不敢去尝试，怕犯错的代价太高。

无论你活在人生的哪个阶段，艰难的时刻永远是“当下”。

你觉得过去这段时间就好了，翻过这篇就好了。

其实不会。

寻找希望的过程，永远是要逢山开路、遇水搭桥，有什么问题解决什么问题。

爱因斯坦说，疯狂就是做着同一件事，却期待着不同的结果。

既然这样，你还怕个鬼。

你能得到的好事情

绮里

[01]

看到学校官网上公布出来的拟录取名单，悬了许久的心终于放下了，截了图，给长辈们和关心我的朋友们一个个发过去，一时间微信“嘟嘟嘟”叫个不停。

很多人说“恭喜恭喜，真棒真棒”，很多人说“我又可以解锁一个新的旅游景点了”,只有一个在上海认识的朋友感慨地说了一句，“真的是苦尽甘来，重新奔向新生活了，你走得越来越好。”

我回了一个眯眯笑。

[02]

这是一个摔倒重来，再摔倒再重来的特别犯傻一心撞南墙的故事，为了让我的形象显得不那么高大，我决定说得简短一点。

做一个决定到底有多艰难呢？我要想一个晚上，一直想到早上，才知道我的早点是小区门口一条街里的某一家小笼包。

而真正决定二战的时候，不过是2016年5月一个一点也不明朗的清晨。

我从家徒四壁、潮湿灰暗的出租屋奔出来，去赶方圆三公里内唯一的一趟前往地铁的公交，二十分钟一班，任性的时候四十分钟。

我站在站台边，看着有些低沉的天空，灰色的云摇摇欲坠。风吹云动，在阴云的罅隙里突然挣扎出一缕金光，站台边一片金黄。

我心中一动，突然告诉自己，还是去考研吧。想到这个决定，好像连心也突然被这难得的阳光照得透亮。

我2015年毕业，已经工作一年了。朝九晚五，工作双休，五险二金，做着行政和新媒体工作，拿着税后五千的工资。工作充实不紧张，到点立马就可以下班，按理单看工资和待遇，也能在上海生存下去。

我如果不嫌出租屋是个毛坯，不嫌弃通勤时间由着公交任性地从一个小时变成两个小时，不嫌弃自己在公司入职不久就已经处在平台期，不嫌弃自己在舒适区渐渐适应消磨了奋斗的心思，好像一切也没什么大不了。

只是以后该怎么办呢？我不知道。正因为饿不死，工作没压力，好像就能一辈子这么耗下去。我只想在我还有力气去挣扎的时候，做出一个反抗自己的决定。

可习惯真的很恐怖，我试着在上班间隙看书，可是上班又有不同的事情随时要做，又要遮遮掩掩生怕别人瞧见。下班回到家，被两个小时的车程折腾得连饭也不想做。

所有的书买好了，放在桌子上，跟一堆化妆品和杂物混在一起，还有电脑摆着妖娆的姿势勾引我去临幸它。

一开电脑，就好像上瘾似的盯着，上面放着无聊的综艺节目。

很想睡觉，很想看书，却总有一种莫名其妙的懒惰拽着我，即便非常困，也不能自律，一定要拖到十二点，才在愧疚中上床休息。

真的不行了，我太知道自己懒惰的点在哪里，终于决定辞职回家备考。

公司的团建工作一直做得不错，大家的关系也很好，更是有很多姐姐们都很照顾我，辞职最大的愧疚，就是觉得对不起大家。

我跟主管聊，跟经理聊，跟总监聊，跟财务姐姐聊，作为一个成年人，事情当然还得自己做决定。在六月某一天的上午，我写好了一篇一千字的辞职信，交给人事经理和总监。

人事经理姐姐看完，在微信上给我发了一个哭泣的表情，说这是她见过的写得最有感情的辞职报告。我去她办公室交个文件，办个什么事情，她总要不经意地来一句："坤坤，你就别走了呗。"

我愧疚地笑笑，表示不舍，却也没有办法。

在入职第二月的时候，我被董事长安排去负责媒体运营，加了工作，学了新技能，还加了薪，我一直都很感激他。

在辞职之前，公司高管去云南开会，私下里聊天，觉得我能说会道，一个小姑娘敢拼敢闯，想把我调到市场部做营销，底薪也会跟市场部的同事一样,在我原有工资的基础上加一千,项目提成另算。

董事长得知我要辞职的消息，给我打电话，说了这件事，让我好好考虑一下，问我是不是因为工资低了，在上海生活比较困难。

那真的是我最为纠结的时候，一边是一个伯乐一般的领导愿意给我更多的发展机会，愿意在职权范围之内保障我的基本生活，一边又是一颗不肯善罢甘休的心，一个想去追逐探索的愿望。

我既感激又愧疚，第二天开会回来，财务总监受董事长委托想问一下我的情况。

我向他表达了我考虑了一晚上之后愈加坚定的心。

他表示理解。

于我而言，底薪六千，加上跟在领导后面拓展项目自然是一个绝佳的学习机会，可是我却看不到自己的前路；我似乎是随着一个很好的安排不断地去开发自己的新技能，可我的规划依然不系统。

我愿意艰难地啃困难的事情，在馅饼砸在自己头上之前做好准备工作，可是舒适已经快要磨掉我的硬骨头。

离别前，部门聚会，入职不过一个月的总监居然来了一句：“坤坤不是喜欢吃流沙包吗？点一个。”

几乎老泪纵横。

我跟所有人一一告别，七月一结束，卖掉了出租屋里所有的东西，打包好行李，在八月热气腾腾的阳光里，离开了魔都。

我忍不住给自己扎了一针：“妈的，考不上老娘没脸了。”

[03]

在爸妈那里，我一直是放养状态，从小到大几乎所有的大事都是我自己决定的，大学填完志愿，等通知书来了他们才知道我要去哪个城市上学。

这次我说要考研，并且已经准备好上学的学费，不会给家里造成额外的负担之后，老爸老妈帮我把书桌挪到卧室，尽可能给我一个安心的学习环境。

也许你要说，我最后心想事成是理所当然的，因为父母不反对，在家里又有人养着，吃喝不愁，除了学习我几乎不用操心任何事情，考不上简直天理不容。

但是你知道吗，那段时间我亲姐姐刚生完孩子，我回家没几天，老妈便去了江西照顾，父亲在家务活上，一直是甩手掌柜的角色，我便承担起每天的三餐和家务。

等到我姐姐出了月子，老爸便接她回来休产假，一直休到十月份。家里是三居室的单元房，这期间，每天都能听到小宝宝不定时中气十足的哭声，必定还有姐姐哄哄抱抱安慰的声音。

晚上一家子在客厅里哄宝宝，我这个小宝在房间里看书，隔着门都能感觉到小宝宝的可爱，想想就觉得煎熬。

十月之后，姐姐回广州上班，老妈跟着过去照顾宝宝，家里又剩我独掌家务。

大概是看我炒菜的时候，还要把讲义贴在油烟机上不时背一背，老爸终于良心发现，愿意帮我洗洗菜拖拖地。

要怎么形容考试前最后两个月呢？我每天抱着厚厚的讲义背得昏天黑地，第一天五个小时就能记完一定量的知识，第二天要花八个小时，第三天连八个小时都记不完了。就连一开始记得很牢固的知识点，几天后再看就像看见陌生的鬼，我只想分分钟撕裂自己的脑袋。

每天都唉声叹气，心情不佳，只想快点熬过去。

一边骂着开创专业课的各种流派的名字老长的外国学者，一边啃着马哲近现代，一边还要偶尔想念一下被我抛弃的底薪六千的工作，骂自己傻。

骂完哭完想一想，从头到尾都是自己的决定，碍于自己的面子，咬咬牙，算了，继续坚持一会儿吧，就一会儿。

大概人一顺利就要出幺蛾子，不知道是感冒导致，还是过度紧张，左耳的耳膜在十月某一天傍晚，伴着耳痛和脑子里“哗哗”的流水声，“噗”的一声穿孔了。

中耳炎发作时的疼痛，连着大脑左半边的神经和脖子，好像一只粗暴的手一样折磨着你，逼迫你向它低头。

我忍受着这种疼痛，三天两头跑医院洗耳朵，冷水顺着耳道在脑子里滚一圈，每次洗耳朵都要抱着垃圾桶吐得肝肠寸断。成功消炎，消停下来，已经是一个多月之后了。

我感受着明显降了几十个分贝的世界，还有每出声背一个单词，就要传回脑袋里发出的“嗡嗡”的共鸣声，简直要被逼疯了。

终于熬到考试前，在学校附近定好宾馆，提前过去。然而就在那时，鼻炎犯了，继而诱发了中耳炎，左耳又开始作妖。

作妖的方式还很特别，一进考场刚坐下，耳朵就开始流脓，要一直不停地用面巾去擦，一直到考试结束，一出考场回到宾馆，自己又消停了，也是很奇特，大概它成精了。

[04]

一切结束，尘埃落定，数着日子，到公布成绩的那一天。

大概考试结束后玩得太疯太久，一想到要出成绩，感觉好像是在帮另一个人查的。我考过研吗？嘿，怎么记得是在梦里发生的？

说了这么多，大概我一切顺利，分数极高，稳进理想学校的复试，就是一个极好的逆袭的例子。

然而当我输进身份证、姓名、准考证号，页面一跳出来，一个数字一个数字看过去，整个人突然像溺在冰冷的海里，大千世界，芸芸众生，于海水里挣扎漂泊的只剩下我一个人。

借不到力，浮浮沉沉，只想大梦一场，醒来盼世事变迁已过千年。

我大哭了一场，哭得喉咙嘶哑，双眼红肿。老爸只知道我考得不佳，却也不知道具体情况，无从安慰，只说，没关系，大不了下次再来；又说，没关系，老爸养着你。

人活在世，你遗世独立，你孤傲自信，你愿意追求自己的梦想，愿意坚持一个成功率很低的愿望，无论你做哪个决定，依然有一种来源于心底的神秘力量支撑着你，要你振奋。你会知道，有些决定，要把它做好，不单单是为了你自己。

我知道自己无缘一志愿了，开始投简历，合肥、南京、广州，投行政，投新媒体，投编辑。

在家大半年，好像除了看书我已经不会做其他的事情，我曾经可以代表学校参加省级演讲比赛，还可以在上海工作时操办年会，当主持，巧笑盈盈，在台上哄领导上来唱歌。

然而一出门，仿佛得了社交恐惧症，一点也不想见人，生怕别人在我脸上看到“残生无趣”四个大字。

我只好逼着自己去一定不会入职的公司面试，想重新锻炼自己的表达能力。我跟人事聊天，进行自我介绍，聊以前的学习和工作，聊对行业的看法，开始还板着张死人脸，逻辑混乱，去了三四家之后又慢慢找回自己的主场。

时间在我这儿，大概是加强版的良药，难过了三天，我好像又忘了自己是考研失败的人，非得在某一方面拾回自己的自信，看书、健身、写文章。过了一个月，我终于愿意好好看待这件事情了，没错，我失败了，没关系，路还很长，可以难过，但不能难过太久，你愿意坚持，并好好做这样一件事，就已经很好了。

在我心态终于放平稳的时候，调剂系统终于要开启了，仔细对比着小心翼翼选的三个学校，连夜买票第二天坐动车去了一所比较中意的。

找院长，院长不在，找到研招办老师，老师看完我的简历，说，你的综合能力很好，如果第一志愿投我们学校，我们肯定愿意接收你……

我知道也许没戏，可仍然想试一试，在当地留了三天，准备周一再去一趟以期望能够打动老师的时候，周一中午却收到了另一家学校的复试通知。

生活大概永远是东边不亮西边亮，你永远不知道下一刻会有什么惊喜在等着你。

匆匆回家，准备五天后的报到、复试、笔试、面试。

大概是前一段时间各种工作面试让我的脸皮更厚了些，面试的时候我跟老师说：我安徽的，给大家唱段黄梅戏吧，然后在老师一脸期待的表情里唱了一段走了调的《女驸马》。

老师说，你高音没上去。我嘿嘿笑。

好像一切顺利，看到结果的时候我长吁了一口气。

姑姑当天知道消息的时候，说，晚上出去庆祝吧，请你吃饭。

我说不用了，我找了实习工作，下个月我领到工资了再请大家喝茶吧。

生活给我的好事情，必定有惊喜，无意外，无论成功与否，都是我生命里的一个概率事件，我能接受失败，也能接受成功。

而接下来的一步，只是一个开始。

一个人时，和生活来场轰轰烈烈的热恋

艾小羊

[01]

最近在苏州，与燕子一起去她家附近的一个画廊参观，画廊里有两个画展，燕子陪我一幅幅画看过去，讨论哪幅值得收藏。

最后我们每人买了一幅小画，像手里捧着春天一样，欢快地走在路上。“跟前夫在一起生活的时候，每到周末，我俩都焦虑得要命，不知道该干什么。”燕子忽然说。

说起来，燕子离开前夫已经有好几年了。前夫出轨，燕子选择了一别两宽。那时候，她是一个标准的好女孩、好太太，会赚钱，顾家，下班就在家待着。前夫说去哪里玩，就去哪里。

然而，她与前夫，都是不怎么会玩的人，或者说根本玩不到一起去。前夫喜欢去洗浴中心，谈谈生意打打麻将，不方便带燕子。偶尔两人一起去看场电影，前夫喜欢灾难、惊悚片，燕子喜欢爱情、文艺片。

婚姻的最后一年，夫妻俩像困兽一样彼此埋怨。

[02]

像燕子这样的女孩，从小到大都是“别人家的孩子”。她做的一切事情，都是为了让自己更优秀，包括从小学钢琴，是要考级、比赛的，所以当她终于考过了十级，唯一的心愿就是这辈子再也不要看到钢琴。

三十岁重回单身，燕子才意识到，自己是一个没有兴趣爱好的人。二十二岁之前，一切为了考试，毕业后，忙着工作、恋爱、结婚、生育，连春节旅游，都是前夫做好线路，她不带脑地跟在后面走马观花。

重回单身后的第一场旅游，女友给她拍照，说：“燕子啊，你怎么连pose（姿势）都不会摆，胸要挺，手臂要紧，看花，别看我！”

那次旅游拍回来的照片，每张都很美，对比之下，前夫之前拍得简直太烂。

燕子不知道女友还有这本事，女友笑言：“这几年，你享受天伦之乐，我们劳动人民已经上了好几次摄影培训班，为学修图，眼睛都快累瞎了。”

燕子很黏这个女友。然而周末她打电话过去，对方常常没有接听，过了半天，才回话，说在拍照。晚上，她看到女友在公号文章里写："今天去湿地公园拍鸟。拍鸟是一件又寂寞又美好的事，几百张照片里选出一张完美的，简直就是生活赏赐的礼物。"

燕子很落寞——女友那么开心，而自己却苦苦等待她的邀约。

以前有人对她说，你不仅要经济独立，更要人格独立，燕子不明白什么叫人格独立。无所事事、顾影自怜的那些日子，她想明白了：人格独立大约首先是要兴趣独立，你都没能力跟自己玩，还谈什么独立呢？

[03]

后来，燕子去学了画画，一年后又学摄影。画画与摄影，都可以一个人玩得很开心。有一次，她想看一部文艺小众片，约不到人，就以悲壮的心情一个人去了。

本以为整个电影院里只有她形单影只，结果发现电影院里十几个人，有一半是一个人在看电影。燕子不由开心地想，原来别人早都这么独立了。

能一个人兴致勃勃地去完成的才叫兴趣，总要别人陪的，是社交。

兴趣独立之后的燕子，变得越来越自信。反思那场失败的婚姻，她再也没有埋怨过前夫。出轨当然不对，然而在那场婚姻中，燕子承认自己的姿态其实同样难看，她那么急切地把一切都绑在对方身上，没有独自快乐的能力。

如果说人的一生可以通过选择、运气、基因，躲过很多事情，孤单与死亡是无论如何躲不过的。

一个人孤单时候的状态，才是他最真实的状态。有些人，社交时像个快乐的天使，孤单的时候却茫然不知所措，要通过不停地打电话、约饭局，对抗焦虑，甚至还有人在孤单的时候就想到死，在他们心中，一个人待着跟死没什么区别。

[04]

独立，就是不要把情绪交到别人的手里。我们最终的成长，是要看你孤单的时候，有没有专属于自己的兴趣与爱好可以做伴；能不能欢快地享受孤单，就像一朵花享受在夜晚独自绽放、独自芬芳。

即使相爱的人，也应该有不同的兴趣；即使爱你的人，也没有义务决定你将过上什么样的生活。有独立兴趣的女人，在爱情中更强大也更可爱，她们可以给自己养分，而不必宠物似的望着主人：带我出去走走吧。

最终，你会发现，那些从年轻时的小妞，慢慢成长为年长女神的，无论已婚还是未婚，都是兴趣独立的女人。刘嘉玲去爬山，张曼玉爱唱歌、骑单车穿梭城市的大街小巷，钟楚红爱摄影，林青霞通过写作走出抑郁……

独立的兴趣爱好，在某种意义上是找到了一种最舒适的方式与自己相处，拥有独特的快乐之道。

并且这种快乐，不是购物那种短暂的愉悦，而是能够长久地激发自己的爱与潜能，是与生活扎扎实实地热恋了一场，不求结果，不计回报，过程就是最好的奖励。

愿你在回顾一生的时候，不仅可以想到你与谁恋爱，养育了什么样的孩子，在工作中成长为雌雄同体的大女人，更能想起，你一个人度过了哪些难忘而营养丰富的时光，是这些时光，让你明白自己的强大与芬芳，让你不畏惧任何生活的激流。

所谓女神、男神，就是生活给你的一切，你都能承受，即使一个人的时候，也有能力热爱、享乐、创造，你是完整的，才是可爱的。

春天的天气阴晴不定，春天的你却要热心向上，因为你是你的主人。

你不爱我时，
我也那么闪耀

你不爱我时，我也那么闪耀

海欧

[01]

作为一个已经在地球上诗意地栖居了二十多年的人类，我忽然意识到我这辈子见过的分手事件绝对多于有情人终成眷属。

毕竟，修成正果真的是小概率事件，而分手却无时无刻不在地球上上演。

陈奕迅有首歌不是这样唱的吗：流浪几张双人床，换过几次信仰，才让戒指义无反顾地交换。

见过很多分手的情景，劈腿的，不爱了，爱面包了，不合适了……无论是哪一种，大多是悲伤、难过的。没见过谁分手还欢天喜地的，除非 TA 在这段感情中是不情愿的。而作为芸芸众生的绝大多数，我们都是带着不好的心情分手的。

[02]

叶子是我前同事，她和男朋友从高中相识，到大学相恋，四年的感情，在本该走上幸福红毯的时候，男朋友经不住外面的诱惑，劈腿，和她分手，理由是他觉得两个人之间已经毫无优点可言，换句话说，他不再欣赏叶子了，叶子之前的发光点如今在他眼里已统统黯淡，他说他找不到恋爱的感觉了，而那个姑娘实在太吸引他了，他觉得那才是爱情。

那一刻，叶子觉得自己的人生 down（下降）到冰点。

叶子属于文艺型的姑娘，写得一手好文，弹得一手好琴，据说当年她男朋友是在观看了叶子的钢琴独奏获得了校文艺会演一等奖后，写情书开始追她的。接着，得知叶子还在各种刊物上发表文章，就用零花钱收集刊登叶子文章的每一本杂志，也算是用心。只是，这颗心，是用在闪闪发光的叶子身上的。

我爱那个闪耀的你，不爱后来平淡无奇的你。这大概也是很多人的共同点吧！我们往往容易被闪耀的人吸引，而闪耀的人却也有平凡之处，不可能处处发光。

他们分手后，叶子把她男朋友写给她的一封情书翻出来给我看，上面写着：你是我见过的最亮的星星，闪耀在天空，照亮我的心情。

不得不说，如果不是抄的，这小子还是很会撩的。

叶子哭着问我：为什么，他曾经那么欣赏我，现在突然就变了？

我安慰她：不是你不优秀了，而是他不爱了。这个世界上很多男人，他们的爱情都是有期限的，不同的是这期限的长短，有的就短短数日，有的坚持几年，还有的看似漫不经心，却能一辈子。不是你不好，而是你遇到的男人不好。

[03]

两年前我结识了一位客户，是位年过三十的姐姐，谈吐得体，举止优雅，做起工作来非常职业干练，脸色挂着雍容的笑，走到哪里，都闪着光。

有一回我们一起喝咖啡，她问我可有男朋友，我说有呢，只是不在一个地方。

她说，那你可得小心了，要么去他那里，要么把他弄过来，总之，两个人一定要早点在一起。

我笑着问她：姐你这么有经验，是不是从姐夫那里得来的？

她轻轻放下咖啡杯，对我说：我还单着呢。

我一愣。

原来，十年前，她谈了一个部队的男朋友，一谈就是八年，抗战都结束了，他们却在第九个年头还未到来的时候说了分手。

没办法妥协，他不肯放下他的部队工作，而我适应不了部队的生活，两个人总不能一直这样异地吧，于是他向我提出了分手。姐姐缓缓地说。

我很惊讶：那你为何不挽留一下呢？

她笑了：挽留是没有用的，当一个男人说出分手这两个字，就代表他已经做好了所有的准备。没有男人是会轻易说分手的，除非他还是个孩子。

我说：那你一定很难受吧，八年的感情……

她说：是的，难受，非常难受，比失去什么都要难受，可是难受又不能起什么作用，日子还是要过的呀。我曾经以为，离开他以后我就什么也不是了，再也没有人夸我宠我，再也没有人惯着我任我发着小脾气也不生气，再也没有一个人在深夜里嘘寒问暖。我以为我从此就要过着暗无天日的生活了。

可是，她继续说道，我不能因为失去一份爱情就黯淡了自己啊！我开始报兴趣班学习插花，报 MBA 学习管理，结伴出游，让生活一点一点地亮起来，而且，比以前更亮。

我看着她明亮的双眼，打心底里佩服：可不是嘛！

后来，我和我当时的男朋友也分手了，因为一些无法调和的矛盾。分手后我曾一度失控，不好好吃饭，不好好睡觉，甚至有一搭没一搭地上班，蓬头垢面，垂着眼袋，人不像人，鬼不像鬼，直到有一天我照镜子，吓了一大跳！天哪，这还是我吗！

我深吸几口，坐下来，安静地化了妆，然后去美发店做了新的发型，换上新买的职业套装，像以前那样，奋力工作，奋力去活。后来，我升了职，加了薪，赢得一片掌声。那时我才发现，我头顶上的那圈光环，其实一直都在，这种光，并不会随着某些人的离开而消失。

[04]

我把这件事告诉了叶子，她擦掉眼泪，收拾好自己的心情。

我知道，叶子是不会就此低头的。果然，没多久，叶子的钢琴参赛曲目获得了市级奖项，我在电视机前看她站在舞台中央发表获奖感言，就像看一个明星，那般闪耀。

而没过多久，她写的长篇小说也谈好了出版，首印两万册，还没开印就收到了无数订单和粉丝。

她的前男友看到她的这些光环，又被吸引，跑回来找她，信誓旦旦。她冷冷地回绝：我不可能和你再在一起。

事后，我们一起逛街，她告诉我，失恋后找回自己的感觉真是棒极了。

我说，有没有感觉到头顶上有个光环，一直跟着你，走到哪里都是。

叶子点头，说，而且很享受这种近乎涅槃的感觉。

我曾以为得到他的否定宣判，就意味着我的人生完蛋了，再也没有人爱我了，而失去爱情的女人，想想就窒息。最可怕的是，由于他的否定，我对自己也变得怀疑起来，怀疑自己真像他所说的那样，没有优点，一无是处。现在我才知道，原来，“你优秀”，可以是一个人爱上你的理由，同样，“你不优秀”，也可以是一个人离开你的借口。真的没什么好介怀的，因为感情这件事，和优秀与否是无关的。

这是叶子告诉我的，我深以为然。

我想，此后，无论我们是否还会经历分手的爱情，遇见背叛我们的爱人，我们都不会元气大伤，不会失去自我，我们会让那光芒，一直跟随我们，天南地北，永不消亡。

[05]

张爱玲遇见胡兰成，写出“遇见你我变得很低很低，一直低到尘埃里去，但我的心是欢喜的，并且在那里开出一朵花来”这样的话。这样一种近乎卑微的爱，却并没有得到胡兰成的“执子之手，与子偕老”，他们最终还是以分离告终。

所以说，爱，来不得半点卑微，不爱了，也同样要抬起高傲的头。因为，一低头，皇冠就落了，你头顶上的光环也就消失不见了。

我们都是相互独立的个体，离开谁都能很好地活下去，我欣赏那种分手之后依然保持自我、依然高傲的人。

曾经看到过一句话是这么说的：我爱你时你才那么闪耀，我不爱你，你什么都不是。

而我想说，你爱我时，我很闪耀，你不爱我时，我也那么闪耀。我的光芒源自我自己，与你爱不爱我，无关。

老末儿的坚守

双瞳子

我是鹿原，今天聊聊老末儿的故事。

我的惊池咖啡没开业之前，他是出租车司机，等我咖啡店开业正好赶上网约车大潮，老末儿摇身一变成了网约车司机，开始自由欢快地给自己干活。

凭我三十几年的阅人经验来看，老末儿家庭条件应该不错，学识修养着装都是上品，就是有一点轴，还不怎么爱说话！

老末儿的生活极有规律，中午 12 点我店里前脚开门后脚他就到了，比我都准时，一杯热美式再加一份松饼或者培根三明治，用完餐之后会在店里坐一会儿看会书，大概一点或者一点半打开约车软件开始上工，晚上十点钟收工，每天保持八小时工作制，然后又来到我店里，一杯热美式偶尔喝瓶罗斯福或者喝杯威士忌，一直等到我店里打烊他才去睡觉。

老末儿一直都是一个人来，我不知道他是不是孤独，但我想跟他聊聊天。

“我叫鹿原，这家店的老板，聊聊？”一天晚上我走过去对老末儿说。

“老板，你坐，正好问你一事儿，这女孩你见过吗？”老末儿好像从来不会和别人寒暄。我当时就想，你既然是来等人的，为什么不找店员直接问，还非得等别人找你？

“应该没见过，你女朋友？”我摇摇头，如果是常客我应该能记起来，尤其是这姑娘长得这么美，来过店里应该有印象才对。

“前女友。”

“后悔了？想把人追回来？”

“是后悔了，不过我只想对她说句对不起。”老末儿低着头。

“我帮你留意着，唉，你们见过这姑娘没有？”我直接拿过老末儿的手机传着给我店里的人看。

“这照片看上去少说也得五年前拍的了，现在的姑娘妆化那么狠，真见过也不一定认得出啊。”一个店员嘟囔着。

“得嘞，大伙儿都帮忙留意着吧。”我当时这么说并不知道能不能找到照片上的姑娘，但我希望能让老末儿觉得还有我们这些朋友。

老末儿住在咖啡店旁边的社区里，等我们熟悉了之后，我说：“老末儿，我店门口有几个车位晚上也用不着，你把车停这儿得了，省得小区里还要交物业费。”

“好啊。”老末儿说。

这家伙连声谢谢都没跟我说，理直气壮地开始在我店门口停车。

老末儿话不多，想了解他确实下了一番功夫，还好我整天耗在咖啡馆里，时间充裕。

“老末儿，你为什么做网约车司机？”跟老末儿算是熟络之后我问他。

“为了找我前女友啊。”

“找你前女友干吗非得做网约车司机？”

“我们所有的联系方式都断了，她不想让我知道她在哪儿，我只打听到她在这座城市，这座城里没有任何我们熟知的朋友，也没别的法子。前两年我做出租车司机，现在做网约车司机，就是想有一天她能坐上我的车，能当面跟她说一声对不起。”老末儿酒量一般，那天他喝了三瓶罗斯福 10 号，我们俩话都多了起来。

“英雄啊老末儿！你这找了几年了？”

“快四年了吧！”

“那你怎么知道她还在这座城市？”

“老家朋友跟我说的，不会骗我。我还知道她就在这一片儿。”

“你就不能打听她的联系方式？互联网时代找个人很简单啊。”

“我们认识的人不会把她的联系方式给我的，她的微博 QQ 所有网络账号全都换了一遍，和老家朋友也都不联系。”

“为什么？”

“老鹿，这事儿你别问，我也不会说。”

“好好好，我不问，兄弟，你知道这座城市多少人吗？常住人口两千多万，这是大海捞针呐。”

“我又何尝不知道，可没别的办法啊。”

“不过也别灰心，有缘自会相见。这个城市虽然大，人那么多，真是缘分到了你会发现，你等的人就在街角。”我不知道说什么，只能开解老末儿。

“什么缘分，缘分都是人为创造出来的。老鹿你说，我辛辛苦苦在这个城市找了四年，我找啊找啊，怎么就找不到呢？”

那天老末儿很伤心，我还没有跟他好到什么话都能说的地步，只能是开解。

再后来我和老末儿是真正相熟了，不过他始终没有告诉我他和前女友的故事。老末儿有个笔记本，每个坐他车的人他都会问，见没见过她前女友，然后他把各种得来的消息记录下来，本不离身整天带着。有些人可能跟他开着玩笑，告诉他在某个地方见过，老末儿便会去蹲守；有些人可能只是有个模糊印象，并不能确定见没见过，老末儿也会认真记录下来；不管是上当受骗、子虚乌有还是一丁点的线索，老末儿都不放过。

老末儿很轴也很笨，有天晚上喝着酒，我问他：“老末儿，你就这么一直找下去？你快三十的人了就不想想自己，不想想你爸妈？你爸妈在计划生育年代生了四个姑娘为了要你这个男孩，你就这样浪费你自己的生命？你对得起谁？该放下就得放下，回去看看你爸妈，开始新的生活。”

“老鹿，你以为我不想吗？我多少次尝试不找了，不找了，回家住几天，但是一回家脑子里全是和她在一起的画面。我也尝试着去别的地方生活，去旅行，但是心里一直是慌的，你知道吧，每天惶恐害怕，什么也干不成。我只有回到这儿，每天找她，我心里才能平静下来，才能踏实点，才感觉像个人。”

“孽缘呐！”

我真想大骂他，但又一想我不也一样，开这家咖啡馆整天无所事事等着陆溪回来，天知道陆溪会不会回来，但至少这是个念想。人呐，都是孽障！

前两天和店里朋友聊天，一个女孩子网约车的时候先看司机照片，长得丑的看不顺眼的直接取消，我突然想起来，老末儿这个笨蛋网约车软件上有他照片，人家姑娘怎么可能会叫他车？

“老末儿，我跟你说一事儿。”那天晚上老末儿收工来到我店里。

“什么事儿。”

“你这个网约车软件上是不是有自己照片，然后顾客叫你车的时候都能看见？”

“是啊，怎么了？”老末儿刚进店还没反应过来。

“你那前女友即便叫了你的车看见你照片，她不得取消吗？”

“啊！”老末儿愣了五秒钟，大喊一句，那声音感觉是酝酿了三十年喷涌而出，店里人都给吓一跳，我急忙把他扶在一边坐稳。

这一声喊出，气也就卸了，像个瘪茄子，老末儿浑身瘫软面无表情。

老末儿在我店里坐了三个小时，没有喝酒，没有喝热美式，连水都没喝。

三个小时之后，老末儿拿起车钥匙开车走了，再没回来，他那写的满满当当的笔记本还在我店里放着。

老末儿从出租车司机到网约车司机找他前女友六年，我不知道他去了哪里，也不知道最后那句话该不该说，总之他没再回来。

你只是在跟微信谈恋爱

戴日强

小檬是前阵子遇到的比较聊得来的女性客户，一听我是写故事的，她就开始咨询各种恋爱秘籍。

随后我问了一个很虐狗的问题：问那么多，你到底有男朋友吗？

小檬迟疑了下，反问我说：我跟他已经五个月没见面了，不过每周还保持在微信里甜言蜜语，算不算？

我笑了笑说：你只是在跟微信谈恋爱。

小檬的男朋友叫海洋，两人在三里屯酒吧里认识。

身为北京人的小檬非常清楚，跟在酒吧里认识的男生谈恋爱非常不靠谱，但是海洋同学跟别的男生有两点不一样，第一点是他很帅，第二点也是他很帅。

我反问她见他的那晚是不是觉得他眼神很深邃，小檬点头。我骂道：你脑壳坏啦，只会画眼线不好好读书的男人你也敢要。

当然，这句我是在心里骂的，真骂出来还不被这个北京大妞砍死。

因为海洋是上海人，再加上有一个单亲母亲，而小檬是独生子女，父母也老了，两人谁也不可能去对方的城市，所以两人异地四年，再加上双方都有固定的工作，见面机会屈指可数，顺利的话一两个月见一次，忙的话四五个月。

小檬是典型的文艺女青年，活得比较梦幻那种，一开始她相信距离能产生美。

一开始，虽然见面次数不多，但是两人常常在微信里甜言蜜语，只要一有空就视频聊天，时不时入夜还能隔空检查身体。确实是距离产生美，可时间一久，用小檬的话说“就变味了！”

小檬承认确实海洋过来看她的次数多，但每次分别的时候她都不喜欢去车站送他。车站是一个让人难过的地方，即使是朋友都会难过，更何况是自己喜欢的人。

小檬还说特别是工作受到委屈一个人回家的时候，哭成泪人想打电话跟他诉苦却又担心他工作也很累，只能一个人躲被窝里，这个时候她会觉得真的好累。

其实这些都不是最可怕的，最可怕的是习惯，当她习惯了每天无数个微信表情，习惯了“干吗、在忙、去洗澡”这些习惯用语，习惯了十几分钟的语音聊天，习惯了一周三次视频，

小檬忽然发现她不是在谈恋爱，而是在养手机宠物。此时，海洋发来问“在干吗”的微信，小檬当场就跟我“呵呵哒”了。

我笑着说：很多时候最恐怖的并不是单身，而是时间长了然后不知不觉你就逐渐适应不了在一起的日子了。

小檬点头认可，再后来她跟我说跟海洋见面聊开了，他们都不想养手机宠物都不想跟微信谈恋爱，最后一发“滚床单”仪式后两人和平分手。

跟微信谈恋爱的不仅仅是异地，很多时候同城也这样。

前同事小美刚跟 ex 分手，听闻小薇说我是失恋少女的垃圾桶，随即找我诉苦约我暴走北三环走出失恋阴影。

我破口大骂说谁再约我暴走北三环我跟谁绝交。

小美机智转移话题反问我：我跟他一起在北京上班，但这一年的恋爱见面不超过十五次，你会笑我吗？

我大笑着说：不会。

小美一个熊猫拳呼啸而来。

小美跟 ex 君这约等于十五次的约会有三分之一还是刚开始恋爱的头两个月见的，所以后面的十个月里，平均两个月才能见一次，她都快变成一块望夫石了！

我问：现在同城快递那么发达，怎么你们还不能常见面？

小美说：人家霸道总裁各种忙啊，加班出差什么的就不说了，周末人家还要跟爸妈去门头沟看奶奶，然后周一再一早回来上班，见缝插针的机会我都争取不到，各种酸楚已经没办法说清楚了。

我又问：那这一年来你们是怎么恋爱的，寒窗月光寂寞空虚冷你忍得了？

小美说：当然忍不了，我的被单都造反了，枕头都换好几个了。

我纳闷：关枕头什么事？

小美笑了笑说：蹭破的。

我抽搐下说：回到正题。

于是小美给我展示了下他们的日常，我翻了十几天的聊天记录，除了语音，“么么哒”“早安”“晚安”，剩下的就是“在忙”“不知道什么时候有时间”“下周我看看”……

最后我说了一句：擦，你还是爱得太将就了。

小美点头认可，她一直在坚持着，毕竟找到一个好男人不容易，但是最后 ex 君还是给她发了一张好人卡就把她甩了，理由是：她不理解他，她对男朋友的要求太高，他做不到！

小美愤然反问我她对一个手机宠物能有什么要求，无非就是想见面而已啊？见面啊，只是见面，又不是给他定一个王氏小目标！

我说：所以说不爱你了，你连呼吸都是错，这话一点不假。

小美点头，但还是哭了出来。诚然，她是一个要强的女生，即便是刚才说了那么多决绝的话，等真正意识到分手失恋这个事实，再坚强的外表也掩盖不了脆弱的内心。

我安慰说：小美，很多时候我们之所以失恋往往是定了错误的标准选错了目标，我们爱得太将就，所以从现在开始你要明白，你要嫁的并不是白马王子，只能是爱情。

所幸小美想通了不再当手机宠物，身为月老的我也非常大方地替她在公号里广征男友……

而你呢？

是不是也在跟微信谈恋爱？

一年三百六十五天里，你们跟自己喜欢的人见面多少次？千万别说那么多海誓山盟，也没有那么多花言巧语的套路，最好的爱情是陪伴，而不是微信里的情话。

对于任何一个人来说，最好的爱情不是在你最需要的时候在微信发那么多多喝热水、记得早点休息、按时吃药这些套路牌。

而是说一句：请开门，我在你门口。

所以男生们，对于一个姑娘的爱不要停留在微信里，她更希望你多在她身边陪她，而不是只是在手机上卿卿我我，她更需要真实的关爱。

所以姑娘，跟微信男友说句对不起，你要的是长情陪伴，你要嫁的是爱情！

一个人如何优雅地吃晚饭

宋小君

如果要找出一件世界上最孤单的事情，我想大概就是一个人吃晚饭了。

我绝少跟人谈起自己害怕一个人吃晚饭这件事，毕竟一个大男人，谈起来显得矫情，我应当春风得意、豪气纵横才是。

但我又想，男人也有脆弱的时候，天天要强也很累，偶尔说说心里话，抒抒情，也是一种治愈，顺便也能分享一些自己对于“一个人吃晚饭”这件事的心得。

2010 年，大概是我至今为止一个人吃晚饭最多的一年。

上海，徐汇区，徐虹中路。

在我往公司走的路上，要经过一家新华书店，那是我最常去的地方。

当时做编辑，逛书店是必修课，我看着书架上的新书，心里想着，要是有一天，我的书也摆在畅销榜的位置，我的读者在读我的书，边读边笑，哪怕不买，只是看看，我心里也不知道有多高兴。

再往前走，有一家卖鸭脖的小店，毗邻自动取款机，每个月工资下来，我取了钱，买麻辣鸭脖、五香鸭脖各半斤，拎着，鸭脖的香味传过来，我忍着，要等到一会儿回家看电影的时候才吃。

转个弯，一个水果摊，水果新鲜好看，买两个苹果，四根香蕉，两个梨。不论什么时间，新鲜的水果总是让人觉得心情很好。

继续往前走，田林十一村，一栋旧民居，窗外有一家永和豆浆，套餐数量有限，味道还不错，我常常光顾，点一份三杯鸡，就着鸭脖，这道菜我取名叫“鸡同鸭讲”。

一个人默默吃饭，看着外面的天色渐渐暗下来，汽车呼啸着来来往往，天空暗下来的时候，人们总是看不远。我想起自己茫然未知的前程，心里很落寞。

从那时开始，因为一个人吃晚饭实在无聊，于是就学会了一些本事。

譬如听旁边的食客聊天，人们在吃晚饭的时候，总是愿意说更多。

有人说起挣钱的方法，一本正经地谈论着怎么才能在挣钱这件事上做到“道生一，一生三，三生万物”。

有人说起家庭细琐，丈夫的哥哥又来争父母留下的一栋房子，老人家还未百年，亲情就因为一处房产而日益单薄。

有人说起新来的女同事，中午看她吃饭是一种享受，细嚼慢咽，细数米粒，吃完了，撕一半纸巾擦嘴角。想要和她搭讪，又不知该说些什么。

另一个人就怂恿，上啊，撑死胆大的饿死胆小的。

听别人聊天，有沉浸感，似乎也就因此多过了几种不同的人生。

每一个人身上背负的回忆和故事，就是这一个人的纪传体通史，后人总会有意无意地说起，即便没有做出什么轰轰烈烈的事情，但每一段独特的经历都是可贵的。

譬如从头到尾翻一本菜单，像了解一个女人一样了解一个餐馆。

有的餐馆总是一成不变，十几道菜，厨师做起来漫不经心。

也有的餐馆想方设法挣食客的钱，一会儿劝你充储值卡，满300送50，一会儿又告诉你，今天满88有折扣。

有时候，去一家不起眼的小店吃，可能是桂林米粉，也可能是沙县小吃，收银的小妹因为天热，穿得很少，额头上总有汗，妆花了来不及补，在收钱的间隙，偷偷看看手机，回几条信息，脸上才会露出羞涩的笑容。

譬如挑餐馆招牌里的错别字、异体字。

霓虹灯和红底白字的招牌，不以为然地拉低了整个城市的审美。尤其是小吃街，人们以便宜省事儿为第一追求，没有人在意一块招牌是不是好看。有时候招牌上还贴了小广告，或者是转租的电话。你就可以想见，主人可能经营不善想要脱手，又或是起了兴致，卖掉房子，开始周游世界。

我吃完晚饭，带着一肚子的食物，开始散步。

路上行人三三两两，你一路走过去，看见了三五成群穿着校服的中学生，叽叽喳喳地不识愁滋味；看见了一对一看就是刚认识不久的男女，男人穷尽心智地挑逗，女人羞涩地推却，却又宽宏大量地纵容；看见了老夫老妻唠叨着新媳妇的毛病，老太太连珠炮一般吐槽，老头背着手，一言不发，适时评价两句，一句偏袒妻子，一句偏袒儿媳，那是狡黠的人生智慧。

回到住处，明明很无聊，一个人却又不愿意早睡，在十五平方米的小屋子里转来转去，消磨着时间。

等“鸡同鸭讲”消化得差不多了，就吃个水果，想着心事。

我想着，我的朋友们都在家乡，我的恋人远在国外，唯一维系情感的只有越洋电话，患得患失，每一秒都感觉会失去她。

久爱成魔，日子久了，你就有一种独特的感应，一旦你感觉要失去对方，那可能就迟早要失去她。

到了冬天，越洋电话我也不必打了。

冬天不适合分手，在冬天分手往往会觉得冬天更冷。

我不再在外面吃晚饭，似乎是害怕被所有人看出来，这个boy（男孩）刚刚失恋了。

但即便是失恋了，即便是一个人，晚饭还是要吃。

我买了火锅底料，一个人窝在家里，抱着电饭锅吃火锅。

牛羊肉贵，少买。

丸子和蔬菜便宜，多要。

电饭锅是一个人吃火锅的最佳配置，煮丸子的时候，切记不要盖锅盖，否则丸子肿胀成狰狞的模样。

热气腾腾，吃着火锅，看着电影，温暖是从心眼儿里冒出来的。

窗户上凝结着雾气，外面风呼啸着，吹不着我。

一个人吃晚饭所带来的孤独，因为这一顿精打细算的火锅，立马消失了许多。

冬天不适合分手，不适合经历哀伤。

但冬天一旦分手了，经历哀伤了，也不怕，好在我们还有火锅。

一个人的火锅，也是火锅。

人本质上是孤独的，即便是每日里呼朋唤友，结了婚，生了孩子，总有一些时刻是要一个人度过的，也总有一些只有一个人的晚饭。

一个经历过悲伤的人，可以硬气，可以麻木，但有时候会在一顿一个人的晚饭上情绪崩溃。

我后来又和室友在上海租了一个房子。

房东阿姨五十多岁，很潮，未婚，和原本要老来伴的男友分了手，一个人回到上海。因为房子租给了我们，无家可归，就和我们商量，能不能让她住客厅。

我们连声答应。

房东阿姨在客厅里拉了帘子，摆下一张折叠床。

大概是觉得打扰我们，降了我们的房租，然后每天晚上给我们变着花样做饭，有时用电饭锅做蛋糕，有时自制烤羊腿，我们吃得受宠若惊，硬塞给房东阿姨食材的费用。

一天晚上，吃完了饭，阿姨突然说，你们住在这里，我很开心。你们不知道，我以前一个人回家，家里的灯总黑着，心里觉得凄凉。回到家，一个人也不爱做饭，随便糊弄过去。现在我回家，看到家里亮着灯，心里很敞亮。能和你们一起吃晚饭，心里很高兴。

后来，因为工作原因，我和室友前后搬走。

阿姨执意帮忙打包，联系快递公司，热心得我都有些不好意思。

中午，阿姨执意又做了一顿饭，说什么也不肯收菜钱。

离开那房子，我也离开了上海，告别了浓油赤酱的上海菜，也告别了在上海发生的那些我再也忘不了的故事。

我要去北京了。

虽然每年都到北京很多次，但真的要在那里工作生活了，一切又变得茫然未知。

晚上，飞机晚点，我一个人在等飞机，吃了一碗面，没什么胃口，但我还是努力吃完了。

以后再来上海，我就是个过客了。

我心里想了很多，原来一个人吃晚饭的时候，可以想这么多。

我回忆了我大学毕业之后一个人来上海，对前程的憧憬。

我想起了拿到第一个月的工资，我吃了一顿东北菜来庆祝。

我想起一个北方人在上海经历过的窘事，认识的朋友，未能功德圆满的恋人，还有辜负的姑娘。

你看，一个人吃晚饭，也有好处，毕竟直面一些回忆，静下来梳理自己，越来越不是一件容易的事。

此后的日子，我仍旧常常一个人吃晚饭。

我至少会努力做到两点：

就算不饿，也要吃，一个人也不缺席任何一顿晚饭。

就算一个人，也不糊弄自己，既然要吃，就吃饱，吃好。

吃饱了，万事都有希望。

吃饱了才有力气爱自己

阿司

[01]

圆小姐是我的大学后桌，第一次见面时，她还是个穿着“小熊”牌衣服的女孩子，会在下课前戳我的后背，问午饭要吃什么。之所以叫她圆小姐，也是因为她看起来圆圆的特别可爱。

直到大二，圆小姐遇上了方先生，她的世界便从此由“圆”走向了“线”。

第一次见到方先生，我脑海中浮现的只有“电线杆”三个字。和圆小姐站在一起，就像面条遇上包子。看着圆小姐看他的表情，我知道，这丫头八成是喜欢上这个和她截然不同的男生了。

这之后，圆小姐提及吃的次数少了，方先生逐渐成为我们聊天的中心。

再之后，更是因为他的一句喜欢瘦女孩，她开始拼了命减肥。

绝食，健身房，寒冬里夜跑。那段时间的她，凭着爱将自己燃成了一个火球，尽管阻绝了一切摄取热量的途径，在外人看来却越来越精神饱满。

作为朋友，当时的我是极其生气的，认为这是极其愚蠢的行为，我说不值得，难道你瘦了他就真的会喜欢你了吗？

她说，我不知道他会不会喜欢我，可是啊，如果我不变瘦，那就连喜欢他的资格都没有了。

[02]

之后的情况愈演愈烈，圆小姐逐渐进入了一种暴走的状态。

好几次我正打算躺下睡觉，她发来消息说，感觉今天运动不够，我打算出去再跑跑。

十一月的北京已经开始供暖，早晚的大风足以让人摇曳成失去重心的树叶。可她为了能够有继续喜欢他的资格，为了瘦一点，在人们都已经钻进被子取暖的寒冬夜里，一个人跑在清冷的街上，似乎每一个脚步下去，都会抖落下一块脂肪，将他们之间的距离又拉近一些。

我删除打出的“你是不是疯了”几个字，将“注意安全”发了出去。

称体重成为她开启每一天的仪式。

必须裸称，必须空腹，连水也不敢喝一口。

120，110，105。

当距离目标只有五斤的时候，体重像是被按下了暂停键，再也没有变化。

又是一轮更加疯狂的绝食和运动，但一天，两天，一周过去了。

体力已经到达极限，但电子秤上的数字依旧没有变化，她的世界仿佛被 105 这个数字叫停了。

[03]

圆小姐经常在半夜发来消息，全是自言自语的问答，关于方先生，关于那瘦不下去的五斤。

她说他一直鼓励我，我跑步他说加油，我绝食他说坚持住，这难道不代表其实他也喜欢我，也是想和我一起的吗？

作为朋友，看到这段话我可以用气急败坏来形容，如果爱情从一开始就建立在外形的要求之上，那爱由心生算什么？爱你的人会看着你将健康踩在地上，用掏空自己的行为去博他欢心吗？更何况，由始至终他从未表态自己是否真喜欢瘦瘦的圆小姐。

一天下午，当她又发来消息说“不能放弃，要坚持下去”时，我恰好看到朝气蓬发的面条方先生在篮球场上奔跑着，边上还有不少女生在叫着他的名字。

我想起圆小姐那张因为长期绝食和过度运动而苍白的脸，以及无数个夜晚里，她一个人跑在街上孤单的背影。

[04]

我买了青菜粥和水果冲进圆小姐的宿舍，我说你的方先生正高兴地打着篮球，沉浸在其他女生的欢呼声中，你还要继续不要命的傻下去吗？

她蜷缩着坐在床上，双臂抱着腿，将下巴抵在膝盖处。

听到我说话，她抬起头睁着一双大眼睛，小声问，那些女生是不是都很瘦？

在我看来，此时的圆小姐已经没有了任何“圆”的特征。即使是坐着，她看起来也是身形单薄，根本不足 100 斤。

看着这样的她，我既生气又心疼。

我说你比她们都瘦。

她耷拉下脑袋将脸埋进膝盖，自言自语道，你肯定骗我，我已经好几天没有称体重了，肯定还是 105 斤。

我简直被她气疯了，从床底下抽出电子秤。

用命令的语气吼道，你站上去！

电子秤上最后显示的数字是 49.6kg，99.2 斤。

她慢慢蹲下去，脊椎骨逐渐清晰可见。安静的冬日傍晚，除了窗外呼呼的风声，还有眼泪打在称上发出吧嗒吧嗒的清脆声。

我知道，从这一刻起，我圆鼓鼓的圆小姐正式和过去告别了。

[05]

瘦瘦的圆小姐终于和面条方先生在一起了。

当然，减肥并没有停止。比起减肥，也许维持才是最难的。

圆小姐依旧出现在夜晚的操场上，只是身边多了方先生。几次我散步到操场，远远地便看见他们的身影。已经不再是当初的包子和面条，而是般配的情侣。

有次我恰好散完步，她也完成了当天的运动量，便一起去水果店。她挑了几个苹果和一盒菠萝，伸出手还想再拿一盒酸奶时，方先生在一旁说道，你今天已经吃超量了，别拿酸奶了。伸出去的手又缩了回来，眼前这张失落的脸，突然让我想起那个会戳我后背问吃什么的圆小姐。之后我拿起两盒酸奶，是她最爱的草莓味，结完账后放进了她的袋子里。

之后一起吃过几次饭，也都是方先生替她点菜，不是蔬菜沙拉就是清汤寡水的面。有次我打趣说她变成了兔子，她一边吃菜一边说其实我也想吃肉肉啊，但是要控制体重啊。方先生在一旁将肉塞进嘴里，嚼得吧唧吧唧响。

从那以后我再也没有和他们吃过饭。

被人八卦起他们的事，我也只是笑一笑回答他们很好，从一开始就是。

圆小姐越来越美，许多朋友将其归功于方先生。那些圆小姐独自挨过的如同炼狱般的减肥经历，被初春的微风吹向了不为人知的远方。

也许爱情真的有那么伟大，可以让一个人永别自己。

[06]

因为一些事，我提前离开了学校，和圆小姐的联系也越发少，只是从朋友圈得知他们之后一起去国外读研，有次看见他们的街拍照片，我甚至已经想不起那个圆鼓鼓的她了。

很多次我都想问她现在过得如何，是否还将称体重当作仪式一样对待。方先生呢？他有没有给她买草莓酸奶，不再给她点那些低卡无味的食物。

但终究没有问出口，我害怕自己一句不经意的问候会拨起她心里的涟漪。

也是从那时候起，我明白了作为朋友的意义，你要做的只是她眼泪的归处，而不是自以为善意的引爆器。哪怕你由始至终都深信不疑，她的选择是一颗终将爆炸的弹药，会在某一天令她陷入更深的沼泽里。

去年六月的一个夜晚，刷新朋友圈后的第一条是圆小姐。

一张照片，食物的照片，是灿黄的煎饺和海鲜拉面。

我以火速点赞，然后便响起新消息的声音。

是她发来的，一个笑脸。我点开消息，显示那边正在输入，还没将“现在好吗”发过去，便收到噼里啪啦的一连串消息，仿佛又回到那些信箱被她的短信塞满的日子，虽然依旧有关于方先生，却是截然不同的内容。

我今天自己包了饺子，特别好吃。

我和他分手了。

我很好你放心。

我很想和你一起吃饭。

我又想起那个每天都问我吃什么的圆小姐，在背后小声自言自语，今天吃石锅拌饭好不好？要不去吃拉面？哎，我又很想吃小碗菜。

我也想和你一起吃饭。

[07]

包子面条的故事终究画上了句号，那颗弹药终于还是爆炸了。

圆小姐说，其实从一开始，她自己也知道和方先生不会有结果，只是人啊，都是不撞南墙不回头，不粉碎成灰不知道痛。

她说她为了爱一个人，将自己硬生生砸成了碎片，再咬着牙拼出他喜欢的模样。可这模样，毕竟是拼凑出来的啊，脆弱啊，一个不小心就会掉落几片。为了维持，又不得不再撕碎几片补贴上空缺的地方。

为了维持体重，她已经很久没有吃自己喜欢的食物了，甚至连每次假期回到家不小心吃多后，都会采取极端的方式来避免长胖。

她说你知道吗有段时间我发现自己有了厌食倾向，他第一次给我做饭，我却一口都吃不进去。我越来越瘦，他又开始抱怨我应该长肉。那天我砸碎了所有碗，想起从前，再看着已经枯瘦的臂膀，那一刻我想撕碎自己。

她说到最后我开始怀疑维系我们的，究竟是爱还是那份对体重的相同的追求。

她决定离开方先生，和他分开后她开始学习做饭，买了好看的盘子，每天去市场买新鲜食材，翻阅料理书，做自己想吃的食物。

她说她给自己做的第一道菜是五花肉，咀嚼的过程很漫长，吞咽下高热量的食物对于当时的她来说已经是一件困难的事。肉香在嘴里渐渐散开，那天她吃着眼泪拌饭，觉得这些年第一次为自己活着。

她说，我终于发现自己的问题，不是因为爱丢了自己，而是我从未爱过自己。

[08]

年底我和圆小姐在北京终于又坐在一起吃了一顿饭。

我们像从前那样点了彼此喜欢的食物，然后交换吃着对方碗里的东西。期间她不停地说着自己的健身经验，以及日益渐长的厨艺。

她笑着又夹起一块牛肉，吃饱了才有力气爱自己呀。

看着此时喋喋不休的她，既不是当初圆鼓鼓的包子小姐，也不是那个因为爱情变得瘦瘦的线条小姐。

眼前的她，是学会了爱自己，全世界最美的圆小姐。

请不要把时间浪费在别人的生活里

武小暖

[01]

小时候，我有一位爱养花的邻居，种了很多月季。

每年开春的时候，都会看到他拿着园艺剪刀，从月季花的主干上，剪掉一些旁逸斜出的侧枝。

每年盛夏，月季开花之后，只要花朵开始凋残，他就立刻将其剪断。

我曾经问过他，为什么要这样做？

他告诉我，春天给月季剪枝，剪掉那些交叉重叠、错综凌乱的枝条，一方面能保证主要枝条得到养分，另一方面，也让新的枝条有机会萌发，这样，植物不但健康，而且美观。

而当花谢之后，及时除掉那些枯萎、衰颓的花儿，是为了不让它们耗费植株的养料，结出果实。月季的果实，若拿来播种，是很难长好的，不如舍弃。

而且，一棵植物体内的营养，总是有限。

所以，他剪掉残花，把养分供给其他花蕾，花朵便会开得更加妩媚娇艳。

花如此，人亦如是。对自己生活中的事情，我们也要懂得甄选，懂得修剪。

[02]

小月刚进大学的时候，觉得终于摆脱了高中时代的题海书山，有一种天高地阔的自由感。

然而，当大块大块可以随意支配的时间，摆在她面前时，她却有了一种茫然失措的不安。

这么多时间，到底要做什么？她不太清楚，所以，当别人叫她一起去做这做那的时候，她也就照办。

小月，我们去加入学生会吧。

好。

小月，我们一起去背英语单词好吗。

OK。

小月，校门口的超市促销，招临时业务员，咱们去兼职！

走起。

听别人的安排，去从事一项活动，这就像大家一起结伴去旅游，别人做好攻略，你跟着走就行，不用思考也不用麻烦。

但是，既然是别人做的攻略，那么，旅途中，究竟有没有你要去的景点？

到了大四，小月陡然发现，当初想要加入学生会的同学，做得风生水起，她善于人际交往，娴于公文处理，现在正准备报考公务员。

一起背英语单词的朋友，已经顺利过了雅思，正在申请国外的研究生，排出一串长长的候选学校名单：曼彻斯特、爱丁堡、诺丁汉……

一块儿做过超市促销兼职的小伙伴呢，人家是学市场营销专业的，凭借大学期间扎实的学院理论、丰富的社会实践，直接给名企做了一个促销策划案，和求职信一起寄给人家。颇受赏识的她，大四刚开学，就拿到 offer（录取通知），再不用为找工作劳神愁烦。

回过头来看一看，自己这四年，恍恍惚惚就过去了，看起来什么都做了，事实上，什么都没有干。

别人在最开始，已经想好，要盖怎样的大厦，这之后，所做的每一件事，都是铺下的一块砖。

而自己呢，就像一棵没有经过修剪的月季，上面长着各种各样的枝条，主次不分，繁杂凌乱。

[03]

很多人之所以主次不分，茫然从众，就是因为不知道自己到底要什么。

小季就是这样的女孩儿，所以，从众随大流，才能让她觉得安全。

毕业的时候，家长一个劲儿地催着她去相亲：

你看那谁谁，早就结婚现在都生孩子了，女人生孩子不能太晚啊！

你看那谁谁谁，一直都没嫁，现在连个伴儿都没有，眼看要孤独终老了，唉，可怜呐。

你不结婚，我们在别人面前，头都抬不起来。

小季想一想，好像也是，女生的年龄终归是个问题。

她眼看着小伙伴们，一个个在朋友圈晒出婚纱照，便也加入了恨嫁军团。

可是相亲这个事儿吧，就像赌牌，底牌固然重要，概率也是个很大的问题。也许就是手气糟，小季兜兜转转，都没能赢下一盘，转眼四年就过去了。

这四年，她眼看着一起毕业的好朋友们，考上了研究生，视野开阔后，遇见了更棒的男生。

她看着她们在校结了婚，毕业的时候，帅气的老公在身边陪着，精致的学位证书在手里捧着，有人还怀了宝宝，在她眼里，这一切，简直就是“人生赢家”的标配啊。

可是为什么，她们就能得到自己想要的东西呢？

小季回头一想，才发现，她内心是抗拒相亲的，她一直以来想要的就是考研，考她最喜欢的口译专业，将来去当同声传译。

因此，有时她相亲并不投入，状态完全不在线，因为她会想着那未实现的宏图伟愿。

有时，她又会对别人要求太高，因为潜意识里总会觉得，我是牺牲了自己的梦想来相亲的，所以你必须完美，才不算亏欠我。

小季总算明白，原来当初，她就是没有想清楚，自己到底要什么啊。

这就像周末的时候，有时我们不知道想要干啥，就会无所事事地度过一天，在网上晃来晃去，看看别人的生活，不知不觉便耗费了时间，然后蓦然回首恍然惊觉：咦，自己什么都没干。

因为不投入，没想清楚最重要的是什么，小季把这四年晃了过去。

虽然这些日子，也是自己的经历，但是，因为不热爱，就过得索然无味，郁郁寡欢。

[04]

有时候，我们不热爱自己的生活，而有时候，我们又过于关切别人的生活，似乎只有别人，才能让我们圆满。

小红失恋了，可是，她一天到晚都在关注前男友：

他的 QQ 换了头像，他的微信朋友圈换了封面，他的微博发了一条说说，用词朦胧委婉，似乎在暗示她，还有回旋余地……

可是他没有来过自己的空间，却一个劲儿地给自己的闺蜜点赞，是不是，他们俩之间，有什么不可告人的纠缠？

小红把自己的所有时间，几乎都用于对前男友的推测和窥看。

可是，过去的事情就是过去了，已经枯萎的感情，就像那已经凋谢的月季花，就该当机立断，抄起剪子，一刀两断。

与其留下这朵残花，徒然地长在枝干上，空耗养料，结出一枚无用的苦果，不如及时止损，留下养分供给其他的花蕾，终有一日含苞吐艳。

我们的人生，其实就像月季那样，需要不停地修剪完善。你得知道自己想要什么，然后，舍弃旁枝，突出主干，抛撇下过去，积蓄能量以待明天。

我们不必非得追寻“像谁一样”“和谁一起”，你的人生，终究是由你选择，由你过完。

就像那句有名的话：

你的生活，是你自己的剧本，不是父母的续集，不是子女的前传，不是朋友的番外篇。

你的学业，由自己计划，每个人要经营自己的未来，不必随波逐流，模仿照搬。

你的生活，任自己打点，只需忠于你的灵魂，不必活在别人的眼中，或是舌尖。

你的感情，需自己果断，与其空耗精力，不如挥别昨天。

就像乔布斯曾经说的那样：

不要把时间浪费在别人的生活里，你们的时间有限。不要生活在别人思考的结果里，被条条框框，束缚牵绊。不要让他人观点所发出的噪音，淹没了你内心的呼喊。最为重要的是，要有勇气，遵循你的内心和直觉的召唤。它们可能早已知道，你想要成为一个什么样的人。其他的事情都是次要的，与你并无太大关联。

如何熬过一个失恋的寒冬

杨熹文

美君已经连续加班一个半月了，在完成公司最后一个项目的时候，她终于在五点钟下班，赶上了铺在路上的最后一抹阳光。美君走出公司，好似很久没见过光明，整个人眯着眼走路，大口大口地吮吸着十一月残余的温暖。

毕业五年半，美君还在同一家公司上班，每天负责处理不痛不痒的事情，渐渐把生活过出乏味的规律：她每天在巴士上花费三个钟头，早餐是公司楼下的豆浆和加了蛋的手抓饼，上班内容是坐在电脑前假装忙碌，外加竖着耳朵听有关老板和秘书的八卦闲聊，晚上会准备丰盛的饭菜，八点钟准时坐在沙发里看永远也演不完的韩国虐心剧，周末是晚睡晚起的作息，偶尔去和朋友小聚，看看谁又结了婚生了孩子变成了发福的少妇。二十八岁半的美君，对这样规律的生活十分满意，她有相恋七年的男朋友，有每个月两千五百块的薪水，有一个租来的小单间，还有一张定期储蓄准备用来买房的银行卡。

要说生活有什么改变，其中之一是最近公司不景气，辞退了几个实习的员工，全体职员加班加点，怨声连连。美君早已习惯身边的同事来了又去，这不是个苛刻的公司，工资也并不诱人，来大城市奋斗的年轻人，不是个个都像美君有恋人做依靠，升职和加薪才是这人踩人的世界里唯一的安全感。于是几年的时间过去，美君坐在自己的办公桌前，亲眼见证了时光把那么多充满斗志的年轻人变成了好胜虚伪的陌生人。

另一个改变，就是她和大名快结婚了。

这实在是个充满期待的好事情，这是她和大名在一起的第七年，他们终于克服了“毕业就分手”的狗屁规律。从大二时就在一起的两个人，一直认定对方是生命中的那个人，他们早已将存款放在一起，计划再奋斗一年，争取在房价更高涨的时代来临前，买到 S 市的一个八十平的公寓。

爱情大概是美君生活里唯一一件“成功”的事。美君长于小康家庭，没体会过为生活处处挣扎的危机感，她没考过一百分，没拿过三好学生的奖状，没参加过作文比赛，也没拼死拼活为了毕业论文而不眠不休……她是个没有野心也没有心眼的姑娘，单纯善良，她很满足自己的安稳，不觉得这世界上所有人都必须努力成为第一名。

总是有人说，女人，事业顺利的，家庭通常不幸；家庭幸福的，又偏偏只能牺牲事业。美君同意，但她不觉得为了家庭而牺牲事业是不幸福的。在家里，大名才是那个要抛头露面的角色，和客户周旋，搞定老板，升职加薪，那是大名擅长的，而美君的好功夫，用在了如何选甜的脐橙，怎样去除衣服上的油渍，哪个牌子的洗涤剂不伤手，还比如她那相当不赖的厨艺——美君会烤蛋糕，会包饺子，会擀面条，会做令大名百吃不厌的糖醋排骨。

美君想着，嘴角带着笑，差点错过下车的那一站。她特意绕了一些弯，拐进一家肉铺，这个区只有这里的肉最新鲜，美君在心里盘算着晚餐菜谱。

美君说："老板，麻烦给我拿一斤排骨，一斤五花肉，半肥瘦。"

老板转过身，像见了亲人："哟，是美君，好久没见你，胖了点。"

美君笑，从肉铺走出去的时候特意在新开的服装小店转了一圈，镜子中的自己确实有点发福，自从加班，她常常把起司蛋糕当晚餐。她摸了摸腰间突起的柔软脂肪，窃喜，还好大名没发现。

那个晚上，美君在刘海上别上发卡，系着粉红色的小围裙，一双灵巧的手在菜板和灶台间忙活，不出一个小时就把餐桌摆满。美君冲着坐在电脑前研究业务的大名喊："老公，吃饭啦！"大名不情愿地起身，脸上稍显不悦："就两个人，做这么多菜干什么？"

那顿饭大名没有聊到"操蛋的老板"和"好吃到爆的糖醋排骨"，

他像完成任务一样，把一碗饭勉强解决。美君低着头不敢言语，她把这一切都归结为大名太累了，他需要去面对她不熟知的世界，戴着面具和那里的人斗智斗勇，所以她理解也愿意承受大名偶尔发作的情绪。

吃过晚饭，美君照例洗碗，然后八点钟准时坐在沙发里看韩剧，大名皱着眉头从她面前经过：“怎么就不能去干点有意义的事啊？”美君嗑着瓜子，嘻嘻地笑。大名叹了一口气：“整天吃这么多垃圾食品，你看看自己是不是胖了？”

那天晚上大名早早上床，美君把这当作一个浪漫的讯号，她关了灯，去抱大名，大名转身背对着她，嘟哝了一句：“别闹了。”

美君松开手，不懂，是什么让大名越来越不开心呢？是她上周忘记了为屋子吸尘让他不高兴，是她今天穿着他不喜欢的衣服，还是她把今晚的糖醋排骨做得太咸让他皱了眉头？

大名没有拖沓太久才让美君知道真相，原来在那些他觉得美君“花太多时间煮饭”“沉迷于没意义的肥皂剧”“越来越胖”的日子里，他的身边出现了这样一个女人，她在工作上雷厉风行，能力出众，每天跑步游泳只吃一小份沙拉，从不看肥皂剧而是把时间放在炒股票上。二十几岁的男人，很容易对比自己懂得多的女人着迷，大名越来越觉得，他需要一个和他一起打江山的女人，而不只是一个用来过日子的贤妻良母。

在一个非常阴冷的夜晚，大名说，美君，我们分手吧。

美君不是个难缠的女人，一直理智清醒，却在那个冬天流尽一生的眼泪，在大名打包好所有行李的那个周末，她光着脚冲出去，众目睽睽之下抱紧他的后背，她的头抵着他宽厚的背，眼泪湿透他的毛衣，她希望留住一个男人，用温柔或丑恶，都不再重要。

可大名还是离开了。大名把账户里的钱全留给了美君，他给她的手机发了最后一句话："美君，这些钱留给你，去买一个你喜欢的房子吧。"美君再打回去，只听见停机的声音，那个和她说了七年甜言蜜语的手机号，已经不再属于任何人。

美君伏在办公桌上流泪，隔壁桌的老王站起来看了她一眼，想说什么，又坐下了。刚刚从茶水间走过来的王妹妹，向她的方向望了一眼，神色抱歉地走开了。那个刚来上班的年轻小伙子，正准备请教美君问题，也对这突然的痛哭束手无策。

美君渐渐能听到办公室里的闲谈，有人说，你知道吗，美君失恋了，她都快三十了。有人说，你看美君瘦的，都要瘦垮了。连来做清洁的阿姨，都在美君的背后嚼舌头，这姑娘，马上要结婚咋就又不结了呢?

美君照常上班，每日最早来到公司，最迟从公司离开，她避开街上所有热闹的时刻，不想参与这人间的任何浪漫。美君不想回家，又没有任何去处。毕业后她就随大名来到这座城市，却一直没能喜欢上这里。这城市总是太容易进入寒冬，好像稍稍不留神，树枝就脱光了叶子，一地枯黄的野草，精神萎靡地存在着。

美君开始严重地失眠，睡不着的时候，就一遍一遍地收拾屋子，把所有和大名有关系的东西全部扔进垃圾桶：那些一起看电影的票据，一同拍过的大头贴，美君攒了好久的钱送给他的钱包，他送给美君的小礼服，两个人一起用来暖被窝的热水袋……这些都变成蛀虫，侵蚀着美君的心脏。失眠让美君失去了胃口，却练就了酒量。酒精真是个好东西，几瓶淡黄的液体，就能把脑子中的神经搞得乱糟糟，让她忘掉上个月买的蔬菜，正在冰箱里腐坏变臭，让她忽视洒在地板上的酒渍和呕吐的痕迹，让她那个憋在身体里受了伤的姑娘大胆地走出来，哭个天昏地暗。多少个夜晚，美君把自己灌醉，在狭小的卫生间呕吐，把手机抱在怀里，一遍遍拨着那个不存在的电话号码，痛哭："大名，你个王八蛋！""大名，你回来吧，你回来吧，我好想你……"

快三十岁的女人，是禁不起失恋的，她们失去的不仅是爱情，还有所剩无几的可怜青春。美君迅速老去，白发，鱼尾纹，干燥皮肤，那些美君不曾担心的内容，全都写进了她的生活里。

这是个特别冷的冬天，第一场雪来的时候，整个城市都被冻住了，新闻里每天都有因为路滑而发生的交通事故，也有患上重感冒的人群挤满在医院里，可是这些仿佛都阻止不了年轻的情侣，手牵手在马路上闲逛。美君看着那些幸福的面孔流眼泪，寒风瞬间就把湿润的眼睑吹得生涩。美君想，曾经自己不也这样吗？连帽子都不戴，和大名在冰天雪地里压马路说情话，那些年连死都不怕，怕冷干什么？

这天早晨，美君穿上羽绒服，缩着手走进办公室，发现有人在她的办公桌上放了一张学英文的广告。美君苦笑，这年头生意难做，广告都发进了办公室里。她把广告扔进垃圾桶，却在午后发现有人在她的桌子上放了一本《小王子》。美君记得自己缠了大名好多年，央求他一起读英文版的《小王子》，可是大名一直没时间，美君就等了他那么多年。美君翻开，才念到第二句就卡了壳。她摇摇头，毕业这么多年，英文越来越烂，现在连最基本的句式都看不懂。美君把《小王子》放到一旁，环顾了一圈办公室，没有人露出可疑的神情，是谁把这本书放在这里的呢？

第二天，美君照例最早来到办公室，发现有人在她办公桌上放了一本崭新的英文词典。美君诧异，翻开字典，没有任何解释来源的字条。她把它放在一旁，和《小王子》紧紧地贴在一起。那一整天美君都没有心思上班，望着桌角的书出神。晚上，她破天荒地没有喝酒，洗了一个热水澡，抽出一张面膜敷在脸上，认认真真地读起《小王子》。她的阅读进行得十分缓慢，每一句话都有生词需要查字典。夜深的时候，她读到这一句，顿时眼眶湿润：

“我的那朵玫瑰，别人会以为她和你们一样，但她单独一朵就胜过你们全部。因为她是我浇灌的。因为她是我放在花罩中的。因为她是我用屏风保护起来的。因为她身上的毛毛虫是我除掉的。因为我倾听过她的哀怨，她的吹嘘，有时甚至是她的沉默。因为她是我的玫瑰。”

美君起了个大早，临走前犹豫了一下，还是把多年不用的口红找出来，在嘴唇上轻轻涂了一笔。她不知道今天自己的办公桌上会出现什么东西，挤在巴士中，心中充满期待地看着窗外。圣诞节就快来了，几乎每个商场门外都立着一个胖乎乎的圣诞老人，美君记得去年的圣诞节，大名和她提议：“我们今年就别互送礼物了，攒着钱留着交房子首付吧。”美君点点头，心里幸福地想：“也许明年的这个时候，我们就能有一个自己的家了！”此刻坐在巴士里的美君，想起记忆中这样的情节，眼角再一次湿润了。

那天美君收到的是一个星巴克的水杯，是小女生争先恐后去买的圣诞限量版。美君偷偷地用余光看周围，却没发现任何可疑的踪迹。那天中午，她从公司楼下的超市里买了一个大柠檬，切成薄片放进杯子里，酸甜的味道，美君喝得畅快。她喝了太久的啤酒，身体一直是干涸的状态，她实在太需要这样的滋养。

那个晚上，美君把家中的啤酒全部送给邻居，把不小心洒在地板上的啤酒污渍也清理干净了。她打开窗户，让这个城市冷到刺骨的空气吹进来。戴着毛线帽的美君，看着窗外不怕死也不怕冷的情侣们，发现那沉淀在屋子里啤酒发酵的味道，还有自己失恋到发霉的味道，终于闻不见了。

当美君终于读完《小王子》的那个早晨，她在办公桌上看到了一面镜子。这面镜子做工细致，手柄是木质的，雕刻着玫瑰的纹路。美君看着镜子里的自己，不禁感慨，天哪，眉毛都要变成杂草了。那天晚上，她去理了头发，修了眉毛，还在指甲上涂上一层蜜色甲油，她从包包里拿出镜子，不禁嘟囔，这还像个人一样。

接下来的早晨，美君收到一本空白的相册，角落上写着“青春的记忆”。美君忍不住笑出声来，马上三十岁了，还哪有什么青春。可是她忍不住打电话给闺蜜，约她周末去看冰雕。美君第一次不嫌丑地拍了很多傻笑的照片，装进相册里。把这个相册放在桌角的时候，美君不禁瞄了一眼镜子，发现快到三十岁的自己，有的时候还挺好看。

美君渐渐习惯了这种期待，有时候书桌上是一块巧克力，有时候是一副手套，有时候是一张电影碟片，有时候是一张字条，写着学习网站。美君从来不知道是谁好心地在暗地里帮助她，可是渐渐的，从前那个每天混日子的美君已经变成了另外一个人。美君读了很多书，拍了一些有关自己的照片，晚上会花很多时间在学习网站上学习，不再有什么时间去看肥皂剧。更重要的是，她明白了，活在这个世界上，每一个人都要努力，要努力去尝试自己没做过的事，要努力把正在做的事做得好一点，要努力让自己的每一天过得开心一点，要努力让自己成为一个值得爱的人。

美君最后一次收到的礼物，是一部有关烹饪的电影碟片，《朱莉和茱莉娅》，一个对工作灰心丧气的年轻女人，开始尝试电视名厨第一本书中的524道菜，用博客把烹饪细节记录下来，并且从中找到希望。美君看着这部电影，忽然怀念起那个曾经在厨房里忙忙碌碌的自己。

下班的时候，美君在办公桌上留下一张字条，她认真地写道：不管你是谁，都谢谢你陪我度过失恋的时光，我家住在xxx街第xx号，欢迎今晚八点你能来和我一起共进晚餐。

那天下班后，美君到商场去为自己买了一件连衣裙，有人在身后喊："美君，美君。"她惊愕地回头，却看见一个蹒跚学步的孩童，正跌跌撞撞地扑入母亲的怀抱。美君对上那双纯净的孩童眼睛，那个被叫作美君的小人儿，忽然绽放出一个甜蜜的微笑。

美君去超市里买了一大堆食材回家，她把窗户大大敞开，《小王子》那本书就倚在阳台那里，她真心地希望他能够出现，因为这个人值得走进她的生活里。她把油倒进平底锅，鸡蛋准确无误地落在正中央。美君听见滋啦啦响起的声音，身体的每一个细胞都感觉到幸福。窗外的草渐绿了，风也不再是寒冷的，如果把这个蛋煎到火候恰好，那它就能成为窗外太阳的形状。

美君想，真好，春天要来了。

她终于熬过了人生中最艰难的那个寒冬。

你还未脱贫，却整天想着要脱单

毒舌席慕蓉

[01]

欧阳姐是我们一众朋友中公认的小富婆，深圳、厦门、长沙各一套房，坐骑是一辆炫酷到爆炸的大红色保时捷 911，老公是一家月营业额超千万的广告公司老总，而她自己的公司也搞得风生水起。

在群里聊天的时候，欧阳姐炫富从来都不顾忌我们这些困难群众，以至于我直接给她备注了“炫富狂魔”这个称号。

小 A 在群里说，妈呀，又快过年了，回家肯定又得被唠叨结婚的事儿。我的真命天子啊，是死在半路了吗？

欧阳姐说，你那么着急找男朋友，是等着他跟你一起挤动车和高铁，或者省吃俭用地终于一起坐上了一回经济舱？可是你应该不知道坐在前面头等舱回过头去看一眼脏乱差连饭都没得吃的经济舱，我甚至觉得，这区区一两千块钱，真的就足够把人分成了三六九等。

欧阳姐说，其实爱情这个东西，讲究的不是缘分，而是时机。当你在贫穷的时候，遇见的爱情，那么八九不离十，也是一段潦倒的感情；而当你在风光无限的时候，遇见的爱情，自然就是一段白马王子和公主的故事。至于灰姑娘和王子的桥段，是真的只会出现在童话故事里的。

[02]

欧阳姐其实家境并不富裕，她高中毕业就孤身一人南下打工，做过服务员，做过销售员，跑过业务，也做过流水线，最后凭着自己一股子赚钱的劲儿硬是读完了函授本科，拿到了中南大学的学位证书。

也是那段时间，她开始做电商，从一个东捡西挑的小淘宝店主，一步步做到现在拥有自己独立的品牌，成立了自己的公司。

欧阳姐长得漂亮，又挺会化妆打扮，一直以来，从不缺乏追求者。但是那么多年，她都没有选择一个人和他一起打拼，然后成家，最后沦为一个普通的相夫教子的传统女性。

在那段时间，她拒绝了所有的青睐，孤身一人，在深圳那个人才辈出的城市咬牙坚持。

其实，很多时候，也会有坚持不下去的时候，可是每当想起自己最初的梦想，想起贫困的家庭，她还是告诉自己，如果自己都不坚强，自己就这么倒下去，难道将来真的要跟一个庸庸碌碌的男人，平淡地过完这一生吗？

创业那段时间，她一天只睡四个小时，连打车的时候都不忘处理订单。有时候实在太累了，坐公交车都会打盹。

她曾经跟我说，你是不知道，一个女人，要想在一个浮华的城市立足，她所付出的，一定会是男人的两倍三倍甚至更多。可是又能怎样呢？向现实屈服，向命运低头？她做不到，她一定要成为一个在自己眼中独立，能够独当一面的女性。

只有这样，才会在将来的生活中，不至于沦为一个普通平庸的家庭主妇。那不是她想要的生活，也不是自己能够承受的生活。

三年的时间，她的事业终于在起起落落中走上了平稳上升的轨道，终于有足够的时间去为自己准备一场称心如意的旅行。她说，当赚到第一个一百万的时候，她给自己放了一个月的假，去了趟新西兰，要把之前丢失掉的那些假期在这段时间通通弥补过来。

也就是那个假期，她在飞机上邂逅了现在的先生。她先生那时候和朋友创业，刚好去新西兰洽谈业务，两个人邻座，在飞机上，聊起了双方的事业。男人学识渊博，观点独特，谈吐风雅幽默，连营销模式在欧阳姐的眼中都是全新的一个概念。

回到深圳之后，两个人经常相约一起吃饭聊天，聊人生聊事业，聊彼此将来发展的理想。

几个月后，男生捧着鲜花，在欧阳姐刚买的房子下面向她表白。

那么刚刚好，两个有共同目标、共同话题甚至连阶层都不相上下的人，就在这样的机缘巧合中相爱了。

[03]

欧阳姐曾经开玩笑说，如果当初自己不那么努力，那么现在估计也早就结婚生子，过着普通妇人的生活，每天照顾老公孩子的起居，和婆婆暗中拉锯，每天在菜市场里和那些小贩讨价还价，在厨房里被油烟呛得满眼泪水，还要时刻担心老公是不是在外面有别的女人……

可是正是因为当初拒绝那些看似美好的追求，孤身一人往巨大的未来跌跌撞撞地闯去，如今事业略有小成，家庭幸福美满，美丽的容颜和美好的年华才不至于囿于厨房。

我们太多人，总是太早向往玛丽苏的感情，幻想一个白马王子温情地牵着你的手，然后相伴终老。

可是现实总是太过残酷，如果没有一定的经济基础，再好的感情，都将在岁月的流逝中最终蜕变成冷漠和争执。

你在家务和孩子的琐碎事情中逐渐熬过了青春年华，而他在外面的五光十色里逐渐变得疏离。回到家，相顾无言，唯有争吵千百场。

如果一个女人拥有傲人的事业，拥有精致体面的生活，拥有不可一世的气场，拥有美丽精致的容颜，拥有性感青春的身材。那么她所遇到的人，也将是更加优秀更加成熟稳重更加富有责任感的男人，这样，两个人才算得上真正的旗鼓相当。

即使真的遇到一个渣男，那又何妨？

离开他，你还有足够的资本足够的自信，找到下一个优秀的男人。你不用因为丢失了一个人而期期艾艾，也不用因为少了一个依靠而变得楚楚可怜，因为你从来都不需要一个依靠，你也从来都不需要一份别人给予的安全感。

因为房子你有了，车子你有了，那些物质所能给予的安全感全是你自己给予的，你只需要漂亮地活着，更加精致地过好每一天，安静地等着下一段美好感情的到来。

可是为什么，还有那么多的人，在自身原本还不足以匹配一段更加好的感情时，就急匆匆地想要把自己投入到一段自己都不那么自信的感情中去？

[04]

其实感情，原本不是用物质来衡量的，但是有时候，物质确实是感情的重要保障。更何况，所谓的优秀，是每个人对自己的评价，当你觉得自己足够优秀，能够配得上一段令自己赏心悦目的感情的时候，就大可放心地把自己交给另一个人。这样，即使将来面临分离，也能强大到保护自己周全。

但是千万不要在自己身无长物，思想上和心理上都未曾做好万全准备的时候，就匆忙地投入到一段感情当中。最起码，在离开他的时候，你还能有个住处，还能保证自己一日三餐不用发愁，还能保证自己不会因为少了这个人的陪伴而觉得全世界在那一瞬间就轰然坍塌。

因为这样，你心心念念所爱的那个人，是真的很可能在将来的某一天，猝不及防地就离开你，坚决得头也不回。

所以姑娘，在你还未脱贫之前，千万别那么轻易地就着急脱单。一个人，永远是最好的升值期。

去过踮起脚尖够得着的生活

去过踮起脚尖够得着的生活

艾小羊

[01]

小意是我在咖啡馆认识的客人，打扮时尚得体，事业有成，家庭幸福，谁都不相信她是在一个小山村度过自己的童年与少女时代的。最近她年少时住过的房子拆掉，她回家乡带回了一块粉红色的蕾丝窗帘。

这是她小学五年级的时候，第一次去省城，用攒下的零用钱买的。回来以后，就挂在她房间的木格子小窗上。村里的大人嘲笑她，花钱买这么没用的东西，既不遮光，也不挡风，还不如去吃一顿麦当劳。

“那时候身边的人，都比我实际。因为缺钱，每分钱都要花在最需要的地方。蕾丝窗帘不是必需品，但对当时的我而言，却代表另外一种生活：超越温饱，追求享受，讲究美。”

粉色蕾丝窗帘，是当时她能够得着的公主梦。

放学的时候，当她远远地看到自己家破败的土房窗口，飘动着粉色的窗纱，总觉得自己的人生与周围的人是不一样的。

平庸的生活，需要的只是一点亮光，一个够得不那么难看，却又有点费力的目标。

后来，她学了美术。那时在她的家乡，几乎没人知道还有这样一个专业。

更后来，她开了自己的工作室。

家乡的那间土房，每年回去住一两次，蕾丝窗帘日渐褪色，却顽强地在微风中招摇，从村口到家里的路上，一抬眼就能看到。她自豪地看着它，一个有着粉色窗纱的房间，是当时她能给自己的最好的生活。

[02]

她生孩子的时候，事业刚起步，丈夫家经济条件一般，所以，当她决定去住本市最好的月子中心的时候，一家人都反对。

“这是我人生最脆弱的时候，我要力所能及地给自己最好的。”她对丈夫说。丈夫无奈地笑，说你这个人，总是心太高。

在那个全市最高档的月子中心，她与许多平时没有机会见到的人成了病友兼朋友。中东富商的中国太太、高龄二胎的女企业家、城中最大餐饮店的老板娘……她们中很多人，不仅成了她工作室的客户，并且变成她的口碑——生意场上就是这样，当你服务过城中名媛富姐，就变得值得信赖。

“你这个月子坐的，用现在的话说，是心机婊。”我开她的玩笑。她认真地说，当时根本没想到坐月子还能坐来订单。

“在力所能及的情况下，给自己最好的生活，一直是我的人生准则。”她说，“我父母那辈人，永远在屈就生活，家里有能力盖新房子的时候，因为要借点钱或者贷点款，就放弃了，觉得欠债睡不着觉。等攒够了钱，三年过去，那些钱根本不够盖房子了。”

[03]

我们总喜欢说童年阴影对一个人的影响，但童年阴影并没有在小意的人生选择中留下斑驳的伤口，反倒让她避开了一个个雷区，产生了一种强大的信念，即永远不要成为父母那样的人。

她的父母，是俯下身去就生活，没有压力、没有动力也没有活力，却始终活在生活的重压下，走下坡路；而她，是踮起脚尖够生活，有一点点辛苦一点点累，却伸长脖子看到了远方，变得更加挺拔自信。

人最可贵的自信，是相信自己的潜能。俯下身子过生活的人，追求所谓的安全感，安全感却离他们越来越远，因为这世界变化太快，真正能给我们带来安全感的，不是银行的存款、稳定的工作，而是自己日益提高的能力与每一天的进步。

踮起脚尖够生活的人，永远在力所能及的范围内，给自己最好的人生体验。只有见到最好的，才知道人是为什么而努力，并不仅仅是锦衣玉食，也不是狭隘的奢华与享受，而是你在最好的地方，可以看到最好的设计、最优质的服务、五光十色的传奇人物，这一切，拓宽你的视野，充值你的体验，让你觉得人活着是一件特别值得并且有意义的事情。

[04]

哪些是踮脚可以够着的生活？

首先，无论衣食住行，在可以负担与可以选择的范围内，永远选最好的。人的活力是由更好的消费体验得来的，不能乱花钱，但一定要敢花钱，当你觉得这件事值得投入，就不要想着节约，因为你不是在节约钱，而是在人生的经历上偷工减料。

其次，在更好的地方，才会遇到更好的人；在更高的平台上，才能有更好的见识，包括爱情。如果一个优秀的人与一个平庸的人摆在一起，一定要先跟优秀的人恋爱，无论结果如何。

如果当初，COCO 香奈儿女士选择了富人家的男佣，赫莲娜·鲁宾斯坦选择了舅舅介绍的农夫，就不会有今天的小黑裙与世界上第一支防水睫毛膏。虽然最终，她们并没有与那些优秀的男人白头偕老，但优秀男人为她们打开了一个王国的大门。

HR 品牌创始人赫莲娜·鲁宾斯坦说：“真实美就是经过美化的真实。”

既要脚踏实地，又不能被真实打败，就是踮起脚尖过生活。当小意在灰暗的岁月里，花掉所有的零花钱，买一块蕾丝窗帘，她就战胜了自己的真实，迈开向美与梦想前进的第一步，而正是这一小步，使她与邻居的小红阿丽狗蛋们区分开来。

不是你是谁就配得上谁，而是你觉得自己配得上谁，你就是谁。你心目中的自己，值什么样的生活，你最终就会为自己配置什么样的努力。

你活得那么苦，怎么还过得那么差

初小轨

我在报社时曾带过两个实习编辑。

当时从交过来的作品来看，两个姑娘都蛮不错，至少写作功底说得过去。

但是一个月下来，一个整天在楼道里打电话抱怨公司楼下的公交站点每次都要排大长队，一坐下敲字就冷不丁摔键盘，说自己喜欢的一男的老吊着她，所以她心情不好。

另一个则告诉我花卉市场里藏着一家很好吃的驴肉火烧，店老板每天一大清早都骑着一辆老式大金鹿自行车带着媳妇穿过小市场，因为她媳妇得了一种失忆还失语的怪病，老板想从他俩谈恋爱那会儿总骑自行车转悠的地方，帮着她唤醒记忆，真浪漫。

为什么工作量相同年龄相仿的两个姑娘，这么快就在生活状态上出现了这么大差异?

我观察过她们的日常。

那个心情总不好的姑娘，每天来到电脑前的第一件事，就是吃包子，最爱韭菜馅儿，桌子上滴得油油腻腻她也毫不介意，吃完一抹嘴，登录 qq、微信、微博、淘宝之后，先聊会儿天，写上一行，再去淘宝看看裙子，再写上一行，临下班的时候却急得骂骂咧咧，说活儿多得干不完，一会儿这个找不到了，一会儿那个又找不到了，然后嘟嘟囔囔着加班。

那个发现浪漫老板的姑娘，每天来到电脑前的第一件事，是擦桌子，整理桌面，然后在小便签上写上今天要干的几项工作，往电脑屏幕框上一按，双手揉两下太阳穴，开始一个一个消灭。卡文写不动的时候，也急得满头大汗，这时她就会四处转悠着浇浇花，帮仓库搬搬杂志，一溜烟儿跑回来继续，每天下午 3 点左右就把活干完了，剩下的时间就刷刷剧、翻翻书，一下班准时发射。

问题到底出在哪里？

生活中我们难免会遇到一段时间特辛苦，很忙，很累，还慌，但我们其实是可以避免慌的。

我有一个应对忙碌的四字口诀——不慌特忙。

不过我其实挺能理解那个心情不好的实习生的。她吃包子、刷微博、上淘宝，其实都是难掩内心的慌，慌张就像月黑风高的夜晚跟着她的影子，你越看影子心里越慌张。

有一天实习生为一篇稿子熬到深夜，突然哇地哭了出来。我看她熬得发黑的眼圈，过来安慰她，她抽泣着说："轨姐，其实我一点也不想刷微博、逛淘宝，但我怎么就做不到？"

我看着她憋了一晚上只在屏幕上勉强敲出的一段开头，想起了一个朋友大姐家的女儿，她也是这么哭着跟我说，我怎么就做不到？

小姑娘上高中，学得很辛苦，但成绩一直不好，经常半夜三更都是趴在台灯底下睡着了，醒来就哇哇哭，说一天又过去了，成绩一点没提高。

大姐愁得不行，女儿智力又没毛病，怎么就这么"吃力不讨好"呢？

有一次她带女儿来我家玩，说女儿的问题就是看书实在是看不进去，问我有什么"歪门邪道"可以弥补一把，帮她开开窍。

那阵子我正好忙，经常没时间看书，只能抽开车、吃饭、零碎的时间靠喜马拉雅里的节目，英语脱口秀、小说之类的替代读书，就随口说，她不喜欢看书，可以试试听书。

她如遇良策，大喜过望，回去就让她女儿试上了。

过了半个月，她说她女儿听书也听哭了，我有点纳闷，就加她女儿的微信跟她聊了会儿。

"你都听完哪些啦？"我问。

"早安英语、某某古诗词、某某口才课……"她竟然一口气跟我说了有十多个节目。

“你怎么能在短短的半月内就听完这么多？”我吃惊地问。

“不是，这些我都是听了个头，大部分一集都没听完，听完我都记不住，想着还有那么多没听的，就特别紧张。”

我天，我算是知道小丫头到底为啥每天苦哈哈却收效甚微了。

很多人总是盯着结果，实习生小姑娘想要一篇满意的稿子，苦学的小姑娘想要满意的成绩，对结果的渴望让她们不知所措，慌到不知道该如何下手。

这种慌就像面对一块田地，想着尽是秋天的美好，然后看着眼前的荒芜，心里忽然就沮丧了，不知道如何是好，竟忘了最重要的是眼下挖一锄头松松土。

真正有效率的人往往藏起了慌，专注地忙。

《火星救援》里马特达蒙一个人孤零零地被扔在了火星上，没有人知道他还活着，没有足够的食物、氧气……然而马特达蒙并没有慌，整部电影他都很忙。

《火星救援》的结尾，马特达蒙在向后辈分享经验时这样说道：面对困难时，你可以选择等死，也可以选择马上动手解决问题，解决完一个，就再解决一个，解决了足够多的问题，然后就可以回家了。

你每天什么都想做，最终往往什么都做不完。

你想什么都抓住，却到头来什么都抓不住。

你买过很多书，想提升自己，却一本没看；你办过一张健身卡，想减掉一身的五花膘，却只去过三次卡就过了期；你买过一套英语课程，想跟单位里的交际花 Lisa 一样在高端酒会上谈吐自如，结果单词表至今还卡在 abandon（放弃）上。

没错，你买书、办健身卡、报英语课程想的当然是读完书后的气质、健身有成时的马甲线、英语学好后的侃侃而谈，但千万别忘了你要做的是读完第一本书、再读第二本，第一次健身然后第二次，背完 A 开头的单词然后背 B……

有一句被大家常说的鸡汤，不要因为走得太远而忘了为什么出发。

实际上很多人并不是忘了为什么出发，更应该记住的或许是另一句话。

不要因为想得太多，而不敢出发。

生活中的大部分事情都是规律化的，只要你划清先后主次，你就可以不慌不忙地打出自己的节奏。

优质的人生，需要长期的不懈与系统的坚持，你总以为这一切可以一蹴而成。

你不去梳理自己，精进自己，每天只知道没头没脑的奔忙与抱怨，当然只能苦而无用。

有一次分享会上，一个小姑娘一脸认真又满怀期待地问我：轨姐，你读的书里边哪本书对你影响最大啊？

我笑了笑，我知道她内心在期待什么，她期待有一本书读完就能脱胎换骨，一下子让她不一样了。

我当然可以说一本我喜欢的书，然后她高兴地回去读，但读完了她还会是老样子。

所以我并没那么做，我给她念了一首陆游的诗：

六十余年妄学诗，功夫深处独心知。

夜来一笑寒灯下，始是金丹换骨时。

我不知道她是否能理解。

这个世上并没有一本书能让人脱胎换骨。

我们能做的是把我们想要的先放下，把我们能做的一件件捡起。

在那次分享会上，还有一个小姑娘也是，说着说着就哭了，说自己过得太难了，生活一团乱麻，不知道该怎么办？

我看着胶原蛋白满满却一脸沮丧的她，当然可以安慰她说，放心吧，不好的都会过去的，一切都会好的。

我要说得美一点，可以引一句文艺一点的，跟她说，我二十二岁那年过得不好，但我不会一生过得都不好。

但我没那么说。

我跟她说，听完分享会回到宿舍，洗个澡，把自己收拾清爽，然后做手头能做的第一件事，也许是捡起那本背到 abandon 的词典，也许是很久没去了的自习室，也许是上次落下的三十个仰卧起坐，不管怎样，先做第一件，然后第二件……

我在生活中遇到很多人，他们很努力，很上进，活得很苦，过得却很差，每当遇到问题的时候，就会说一句“放心吧，会好的”。

结果，并没好。

为什么？

你得解决问题啊。

你不去解决问题，问题就会永远摆在那里，它随时都有可能跑出来给你的处境摆上一道。

你只有问题一个一个解决掉了，你的不安才会慢慢减少，否则你今天安慰自己睡一觉就好了，明天起来就只能面对加倍的焦虑。

所以，重要的并不是你在觉得活得太苦时安慰自己“一切会好的”。

而是，你要想想为“会好的”去做点什么，然后去做第一件事。

二十几岁，你真的可以晚一点再懂事

焦志杰

[01]

十四岁，我去县里的寄宿学校读高中，那一年，弟弟也转学到我所在学校的附属中学读书，他比我小两岁。

爸爸挑了离学校最近的地方，给我们租了一间房，环境安静，适合读书做功课，可因为条件实在有限，房子只有五平方米大。这样一来，里面就只能放一张双人床，和一张不大的书桌。

妈妈忙前忙后为我们置办生活用品和厨房灶具，那时候学校还没有开设食堂，在这里租住的学生都是自己烧饭。等一切齐全之后，不大的屋子显得更拥挤了，各种零碎的大小包裹和锅碗瓢盆塞满了整个床底。

走之前，爸爸把我叫出去，语重心长地说，以后就要多辛苦了，弟弟还小，你要多照顾他，我和你妈可能不会经常来看你们，有需要就随时打电话。我信誓旦旦地拍着胸脯说，保证完成任务，弟弟瘦一斤都算我失职。

刚开始的时候，学习还不算太紧张，每天中午晚上放学我都按时回家，给我们两个烧饭，这之前我从未进过厨房。说是烧饭，其实就是煮面，即便是煮面，我也煮得不好，不是半生不熟，就是量少不够。这个时候，潜意识告诉我，你是哥哥，要先让弟弟吃，他吃饱了你才可以吃。

后来好一点，妈妈教会我炒一些简单的家常菜，不需要太复杂，基本都是进了锅炒几遍就可以，也不会浪费太多时间。不管是最开始煮面，还是后来变着法地炒菜，永远不变的一点是要先让弟弟吃，他吃完我再吃，我吃不饱没关系，他一定要吃好，因为我曾答应过爸妈，要好好照顾他。

除了照顾弟弟的生活，我还要负责辅导他的学习。那时候他刚转学过来，一时之间无法适应快节奏高强度的节拍，经常被老师留堂到很晚，成绩也是稳定在中下游。每天晚上，我都要检查他的作业，帮他复习当天的功课，划出第二天老师上课讲的要点内容让他预习，只有等忙完这些，看着他睡着以后我才能静下心做自己的事情。

冬天的时候白昼很短，黑夜很长，弟弟的学校又离得很远，每天早上我都要提前半小时起床，载着他穿过那些没有路灯的街道，然后再折返回来去自己的学校。

那三年，我每天睡很少的觉，不断奔波在我们两个学校之间的路上。除了要照顾好我自己，还要照顾好他，可事实上，他得到了很好的照顾，身体变得越发结实，长得越来越高，学习也变得好起来，所有的这些真的让我感激，我觉得我可以再次拍着胸脯骄傲地对爸妈说，你看，你们交给我的任务，我完成得很好。

只是从来没有人注意到我，我是不是每天都可以吃饱饭、睡醒觉。没有人注意到那三年我瘦了二十多斤，严重的睡眠不足导致身体功能紊乱，还有某段时间突然冒出来的白头发。我不是说在埋怨爸妈，觉得他们不应该把弟弟交给我照顾，相反，就算不是这样，我也依然可以把他照顾得很好，因为我是哥哥。

然而那三年，我却不只是哥哥。在我身上，有一半爸爸的影子，还有一半妈妈的样子。

[02]

朋友上大学的那一年，父亲突然病重住院，妈妈要照顾又无法离身，她只好退掉了原本买给爸妈的车票，一个人坐着火车去了二千六百公里外的城市。

因为路途太远，没有可以直接到达的车次，中间转车的时候，她去上厕所，没有一起的朋友，所以她只能拜托旁边的路人帮忙照看行李，等回来的时候，她再也找不到那个人，也找不到她的行李。

幸运的是，她的包还在身上背着，所有重要的证件还在，那张珍贵的录取通知书还在，要是这些东西都被顺走了，她一定会崩溃掉。

回到学校办完所有的手续后，她第一时间打电话给家里，不是说自己在火车站被人顺走行李的事情，而是先问爸爸的病情怎么样了，有没有得到控制，还会不会随时复发。妈妈在电话里告诉她，病情已经控制住了，也没有随时复发，医生说再过几天就可以出院。

挂掉电话后，她的心终于安下来，就连自己行李丢掉的事情，也因为父亲的康复变得没有那么糟糕了。只是她清楚地认识到，自己要马上找份兼职，不然连套换洗的衣服都没有，身上带的钱只够一个月的生活费，她无法跟爸妈说行李被人顺走的事情，不是担心钱，而是担心爸妈。

很快，她在学校旁边的餐馆找了份服务生的工作，工作的内容很简单，闲暇的时候收钱，忙的时候帮客人传菜，唯独一点就是累，有时候会忙到很晚。

当室友逛街购物的时候，她已经早早地来到餐馆帮忙，因为勤快，工作认真，每个月还有一份不算太丰厚的奖金，这些对她来说已经足够幸运，她很感激餐馆老板的收留，让她拥有一份工作，可以自食其力，不再让父母担心。

最开始只是想着，做完一个月赚够买衣服的钱就可以，习惯后，反而更加喜欢。她本是一个内向的女孩，因为经常与客人打交道，变得越发开朗，自己拥有了独立生活的能力，也帮父母减轻了负担，四年下来，她没问家里要过一分钱。

有一次她患了重感冒加发烧，严重的咳嗽导致嗓子出血，医生建议住院几天静心修养。那时候她白天坚持上课，晚上放学后再去医院输液。一天晚上回寝室，路上太滑没看清，她重重地摔倒在地，然后一个人坐在那里，看着远处的房间里折射出的橘黄色的灯光，突然就想回到爸妈身边，开始不住地流泪。

所有的这些，别人都只看到她的独立和强大，不曾看到的是，在每一个夜深回学校的路上，她被人尾随，吓得一路狂跑；那些生病住院的日子里，一个人去医院，楼上楼下办理手续，却在每个周末的晚上跟家里的电话中，还笑着对爸妈说她很好，一定要他们注意自己的身体。

只是，你什么时候才能注意下自己的身体呢？

[03]

一个人生活的这些年里，早早地独立，早早地懂事，考虑家人永远要胜过自己，责任成为这个年龄首先考虑的问题，觉得只要独立到足够强大，就可以成为一个很厉害的人，可以轻而易举地把生活击败。

懂事本身没有错，只是过早地懂事，未必就是一件好事。别的父母送孩子上大学的时候，好希望自己的爸妈也可以在身边，带他们看看新的校园，介绍给新的室友和同学。自己生病住院的时候，好希望这时候爸妈可以在眼前，不用做些什么，甚至不用照顾，只要坐下来陪陪自己，就是比什么都要管用百倍的良药。

可是生活里没有这些假设的美好场景，爸爸病重，所以只能自己一个人坐很长时间的火车跑到很远的地方去上学，行李被丢生病住院也可以是件很小的事情，觉得没有必要再放大到父母那里，让他们跟着操心了。

我们努力让自己变得不再是个孩子，可事实上，我们本身就是孩子。

《请回答 1988》里这样说，懂事的孩子，只是不撒娇罢了，只是适应了环境做懂事的孩子，适应了别人错把他当成大人的眼神。懂事的孩子，也只是孩子而已。

在网上看到这样一段话，莫名辛酸：

羡慕所有在坦然的爱里长大的小孩，像我这种从小到大自己跌倒自己爬起来自己哭完自己擦眼泪的人，别人给得多一点就会惶恐不安，为了想要多一点点爱，就要飞蛾扑火。我很感谢父母让我成长为独立自由的人，但同时也会觉得可惜，我知道自己错过了人与人之间很重要的东西，表达爱和接受爱的能力。

越是想极力给自己穿上坚硬的盔甲，越证明我们真的需要被保护。

成长是一件冗长的事情，干吗非要逼着自己长大。

二十几岁，如果可以，请晚一点再懂事。

凌晨才下班的生活，真的是你想要的？

凌汛

我们拼尽一切，想要离自己想要的人生更近一些，可是，在追寻的过程中，我们是否忘记了自己的本意，活成了自己最不想要的人生？

[01]

接到孙妍去世的消息时已经是凌晨了，已经连续加班一周的我正头昏眼花地赶着工作进度，放在桌上的手机“叮”的一声跳出一条提示，本该是一条再普通不过的微信消息，那句短短的话却让我的大脑一片空白，不敢相信眼前的那句话——“孙妍去世了”。

发消息给我的是李亮，我大学最好的朋友之一，另一个便是孙妍。我的朋友不多，他们俩几乎占据了我整个大学的闲暇时光。我们曾经无话不聊，吃饭，逛街，打游戏，三个人的小团体曾经让无数外人羡慕着。可我没有想到，只不过最近几天工作太忙没有联系，孙妍留给我的居然是这样让人难过的消息。

我给李亮打了电话，接通后却犹豫了很久，不知道该说什么。另一端的李亮也不说话，我们隔着电话沉默了一分多钟，我才听到对面传过来的啜泣声和李亮带着哭腔的话，“妍妍走了。”我们俩隔着电话一起流眼泪，那个曾经蹦蹦跳跳、神神气气的女孩，竟然就这么走了。

通知李亮的是孙妍的父亲，老人家在电话里泣不成声——“亮亮，妍妍没了……我做梦也没想到，我女儿居然会活活地被累死，早知道这样，当初还不如不让她去北京……”

孙妍死亡的原因是过度疲劳。出事的那天，孙妍已经一个月没有休息过了，几乎每天都加班到两三点钟。公司的保洁员发现她的时候，她甚至都保持着工作的姿态，僵掉的手里还握着鼠标，阿姨喊了几声孙妍都没回应，伸手过去才发现她整个身子都冷掉了，冰冷冷的。

[02]

上大学那会，孙妍是我们三个人里最好胜的一个，考试要次次拿第一，打游戏要拿第一，连麻将局都要连赢几把才肯罢休。她的名言就是："凡事不做最好的，跟咸鱼有什么区别。"

大学四年，她凭着一股拼劲，拿下了大大小小几十个比赛的一等奖，各种证书更是数不清。大四毕业季刚开始，孙妍就顺利拿到一家业内赫赫有名的广告公司给出的高薪offer，得知消息的那天，孙妍拉着我和李亮在饭店喝酒一直到深夜，谈起对未来的美好憧憬，眼里都是闪烁的光。那时候我和李亮都由衷地为自己的朋友感到高兴，我们俩坚信，这个好胜的女孩会有美好的未来，会有远大的前程。

[03]

毕业两年，孙妍没辜负我俩的期望，硬是从最底层的公司菜鸟，做到了营销部门的总监，晋升速度之快，让公司上下甚至都开始怀疑她和老板之间的关系。谁都没关心过，这总监的位置来得有多辛苦。

打从入公司，孙妍就跟打了鸡血一样，把工作当成了生活的全部，为了项目几天不睡觉在她都是常事。每次拿下大项目，兴高采烈的孙妍总喜欢叫我和李亮出来喝酒，眉飞色舞间难掩喜悦。可我们却发现，她的气色是一天不如一天，黑眼圈化妆都盖不住。我们也善意地劝过她，"身体要紧，别太拼了。"可她总是一脸正色地反驳我们——"年轻的时候不拼什么时候拼？现在不努力，老大徒伤悲呀！"看着她工作狂附身的样子，我和李亮也只好把话咽在肚子里，甚至反思起我俩的不思进取。我常跟李亮调侃说："你看看人家孙妍都做到总监了，咱俩还是个底层小职员，差距咋这么大！"

[04]

跟孙妍相比，我跟李亮总显得不思进取，可是我从来都不羡慕孙妍，我觉得那不是我想要的生活。对于加班，我永远是深恶痛绝的。毕业两年，我两次跳槽都是因为不堪忍受加班之苦。可兜兜转转，几份工作都逃不开加班。每次加班到半夜，望着外面空空荡荡的街道，我总觉得内心无比空虚。上学的时候，我总羡慕那些可以自己赚钱的上班族，觉得他们想买什么都可以自己买，自由得很。可真正自己拿工资了，才发现原来有钱的代价就是失去自由。工资卡里的金额不断增长，我却只能看着数字发呆。花钱？根本没时间。

因为辞职的事，孙妍骂过我好几次，在她看来，我简直就是"不思进取"的典型，她无法理解我对加班的厌恶，她总是说："阿汛，你现在要做的就是努力赚钱，等以后事业有成、金钱在身时，才是享受的时候。年纪轻轻就怕吃苦，你和别人怎么比？"我心里不服，却也说不出反驳的话。

[05]

就在孙妍去世前几天，我还因为公司的一个大项目连续加班，每天回到家身体都跟散架了一样，往床上一趟就完全不想动。有一次睡觉前洗澡，我居然在浴室里睡着了，还是热水器里的热水耗尽，冷水打到身上我才惊醒。那阵子我跟李亮抱怨过，李亮安慰我："做完这个项目拿到奖金咱们出去旅行一阵。"我心里有着这个念想，也便打起精神强撑着，心中祈祷着项目尽快完成。

孙妍去世的消息来得如此突然，我几天都没缓过神来，上班也浑浑噩噩。因为一不小心写错了项目数据，我还被领导揪着骂了半天。下班躺在床上，我就在想："凌晨才下班的人生，真的是我想要的吗？"

[06]

我梦想的生活，是工资不用太高，但一定要有时间做自己喜欢的事情。可是这世界这么浮躁，人人都在拼命向前，被裹挟的我，也不由自主地踏进了这条无法回头的路。努力上班，好好赚钱，这是世俗定义的生活，每天都能看到满是鸡血的文章呼喊着"不努力的人都去死"，你怎么好意思不努力呢？

可是我越来越悲哀地发现——

钱，我有了。工作，我有了。可生活，我真的没有。

[07]

公司里曾经有位试图自杀的同事，那是一个看起来安安静静的女孩子，平常话不多，做事情也麻麻利利的。谁都没想到，这么一个人居然能狠下心选择用安眠药自杀，所幸室友发现得早，及时把她送到医院，这才救回一条命。

公司的同事还都在惊讶时，我却想起在她自杀的前几天，我们曾经在办公室里聊起过未来，轮到她时，她淡淡地说："我看不到未来，我没有一点时间做自己喜欢的事情，每天的生活就是工作，我没有时间谈恋爱，甚至连做一顿饭都那么奢侈。"如此想来，她一定是受不了这无趣的生活，却无力反抗，才选择让自己离开这世界。

[08]

我又辞职了。

在上司通知年底大项目来临，未来两个月所有休息取消后，在北京的雾霾压得人喘不过气来的时候，我选择了离开。

我放弃了一份在别人看来高薪又体面的工作，可是我心里一点都不觉得遗憾。因为这个时候我才终于明白，我要的不是很多很多钱，不是凌晨才能到家的工作，不是连蓝天都看不到的北京……我要的也许只是能够有时间做一顿饭，能够有时间陪爱的人，能够有时间浪费的生活。

凌晨才下班的生活，不是我想要的。只有一次的人生，不该被困在几平方米的格子间里。

不是每一个在北上广打拼的人都是为了留下

周宏翔

[01]

前天半夜的时候，我一个好朋友给我发了一条信息，说，最近北京房价涨得很厉害啊，你知道吗？我表示一脸懵懂，大概我根本没考虑过在北京买房子，所以对这件事一点兴趣都没有。朋友说，即使你不买，也可以去感受一下啊。

我想，我不买，感受什么？

结果朋友立马甩出一张图来，说，清华北大毕业在北京都买不起房了，北京真的没救了，在北京混混就行了。

那语气就像是你的人生不在北京买一套房就对不起你在北京混这件事一样。

然后我就笑了，说，上北大清华和赚不赚钱从来就不画等号，高学历等于高收入？在北京生活就一定要在北京买房？

去年雾霾最严重的时候，大家都说，北京早就待不下去了，环境太差了。春天一过，雾霾散了，云朗气清，房价又突然暴涨了，大家又都说，北京的房子太贵了，根本没有办法待下去，十年二十年，你留下了青春，也留不下自己，不如早点回去吧。

我想，再过一段时间，大家总又能再找到一些离开北京的理由，可是说来说去，真正的大部队从未离开过北京，不管这里多脏多乱多差，他们依旧每天挤着地铁上下班，在拥堵的马路上马不停蹄，那些逃离的少数派永远代表不了真正的北漂群体。

[02]

去年七月到北京来算是我人生中的一次偶然决定，却又是必然会发生的事情。

因为一个剧本项目，而长期奔波在京沪线上，让我深感疲惫，于是干脆退掉了上海的房子，到北京安定下来。之所以说是必然，是因为搞文化的人都在北京，虽然你可以否认说，做文化哪里都可以做，但是你真需要谈一些事情的时候，不是你过去，就是等别人过来，多少机会错过了，而且消耗在路上的时间真的够你产生更多的价值了。

人以类聚，物以群分。

北京再差，也拥有全中国最好的文化资源，出版公司和影视公司层出不穷，三里屯随随便便一个逼仄的小巷子里就是一家图书公司，雍和宫外七拐八拐的胡同里就藏匿着一家影视公司。一个做文化的人，离开北京，当然可以，但要从事这行，却说可以完全和北京断绝联系，毫无瓜葛，那是天方夜谭。

很多人忍受着隔三差五到北京开会的疲惫，还是愿意回到自己生活习惯了的城市，我觉得没有问题，可是我们没办法否认的是，任何一个国家的大城市，都有这样的优势，他们有丰富的产业链，有更齐备的资源，可以让你在你擅长的领域有更好的发挥。

就像文化之于北京，金融之于上海，互联网之于杭州与深圳一样，你想要让自己发展得更好，就必须在一个行业精英聚集的地方学习。

要注意的是，并不是每一个在大城市打拼的人，都是为了要在那个城市留下来，而是那个城市有着可以让他施展拳脚的空间。

我想在这一点上，很多人一开始就误解了。

[03]

记得某一次在上海的读者见面会上，有一个小女生一直等到最后人走完了，还站在边上等我，我问她有什么事吗，她说，今天是她最后一天在上海了，明天就要回老家了，所以想多看我一眼，她怕以后看不到了。我正好手上没有什么事，就和她聊了一会儿。

她说她在上海待了八年了，从上大学到工作，整整八年的时间，但是现在她要走了，不是她觉得上海容不下她了，也不是她家里人催她回去了，而是这八年的时间，她在上海学到了她想学的东西，见识了她十七八岁渴望见到的世界。她一直觉得上海的广告公司都特别厉害，在广告这个行业，她也算是老手了，可是现在，她觉得在上海的这八年已经给了她足够的力量和资源，她要回家乡去开一家自己的广告公司了，她不会和上海隔断联系，她爱这个地方，她还会经常来出差，因为她的人脉都在这里，但是她从一开始就没打算要在上海定居生活，因为她的男朋友在家乡已经等了她八年了。

最后走的时候，她让我送她一句话，我说，你想得明白，自己也能把控人生，不需要我送什么话了。但她还是要我写一句话，我就告诉她，你此刻拥有的，一定不是你人生的全部。她惊讶道，你怎么知道我心里这么想的？不觉一拍即合。

[04]

这句话，也曾经是另一个朋友对我说的。

他在北京待了十年了，第八年的时候，他在老家成都买了一套小户型，次年，又在大理买了一套，其实他只要再多凑点钱，借一借，省一省，完全可以在北京首付一套四环的房子。可是他没有。

他知道成都和大理的房子涨幅都没有北京高，换作任何一个有生意头脑的人，一定不会做这桩亏本生意。可是，他说，我从来不觉得一个人拥有的就是他人生的全部，我的人生还很长，还有很多路没去开拓，我也没有想过要在北京留下，我在喜欢的城市买了便宜的房子，等自己老了，就可以去住。

他从人大毕业之后，在北京一家影视公司工作，几个项目下来，租的房子从五环换到了三环。说实话，即使是他，也没有想过自己真的可以在北京留下来，但是刚毕业那会儿，他觉得北京有他需要的资源，可以让他最快速地成长，至于今后怎样，谁也说不准。

他真的把赚到的钱都投资到了自己身上，因为觉得专业度不够，就自费找外国人上课，害怕自己英语不够好，就大胆地让外国人纠正自己，每年他一定要去旅行两次，学以致用，他的银行卡里永远没有任何一笔钱是为一套北京的房子准备的。

他的父母、朋友和一些亲戚也时不时叫他存点钱，早点结婚安家，他就非常不理解。他说，每一个家庭的父母，辛辛苦苦十几年培养一个孩子，结果终于轮到这个孩子可以对得起那番培养，要施展拳脚的时候，却又被告知要结婚生子安定下来，不要为自己计较太多，而是为整个家庭着想。那最终的结果就是，壮志未酬的年轻人又要把自己未完成的理想加在自己孩子身上，周而复始，永远没有人可以真正对得起那十几年的学习和努力。

他一直觉得，如果一个人不把一套房当作束缚，就无所谓买不买房了。在传统观念里面，你在哪里买房，就必定要在哪里生活，可是他觉得不是的。

那些好不容易凑够钱在北京郊区买了房的人，很多因为工作原因，还是在靠近工作的地方租着房子；那些没有在北京买房的人，将赚到的够在北京买一室的钱拿到别的城市买一套三室两厅的大房子，也并没有觉得自己在大城市租房子就算是颠沛流离。

[05]

我另一个朋友在北京生活也有十年了，前两天她突然告诉我，她要离开北京了，因为她申请了法国的学校学料理。当时我们的共同好友劝她，让她别瞎折腾了，在北京好好的，你回来又不知道是一番什么天地了。她说，从来没有想过自己会一辈子留在北京啊，但北京永远是我们大本营的据点。

前段时间，还有个采访视频，一个五十多岁的男人在北京拉货，他对着镜头说，我没有想过要留在北京啊，我只是来这里帮我的孙子赚点奶粉钱，顺便看看皇城根儿下的生活。

现在的“北漂”和过去的“北漂”早已不同，他们一开始或许就根本没有想过要留在北京，但是这一点也不妨碍他们在北京继续生活。

我们永远不要觉得二十几岁拥有了一套房、一辆车、一笔巨额存款,就是你人生的全部,也永远不要把任何物质当作是一份安全感。唯一的安全感，就是你永远不懈的斗志，保持学习的激情和赚钱的能力。

要知道，那些总是说逃离北上广的人，逃离的借口永远都是客观问题，雾霾、房价、人口拥挤，而不是去找自己本身的原因，这样的逃离说到底，只是没有勇气的逃避现实。

有一天，一个目的正确的人要离开北上广，一定不是因为房价、环境或者别的客观问题，而是明白自己想拥有的已经得到，这个城市不能再给予自己进步,或者自己内心真正想要回归到平静的日子,回到家乡，回到亲人身边。但总有一点，这样的离开，一定是理直气壮的，带着在北上广学到的财富离开。

你的努力是为了让你的选择更正确

何亚娟

与苏锦重逢是在国展书会最后一天，彼时，我们已经有半年多没有任何联系了，本以为生命中再无交集的人突然出现在你面前，还说要请你喝咖啡，还是蛮讶异的。

我们选了临窗的位置落座，在卡布奇诺的香气中，苏锦说："亚娟姐，我现在开始后悔了，当初就不应该听我妈的建议，回家乡做什么银行系统的工作。现在我每天做着自己不喜欢的事情，还要强颜欢笑地应对各种复杂的同事关系，真是身心俱疲啊！你说我现在该怎么办？"

苏锦曾是我部门的一位编辑，半年前，因为工作上遇到了一些不顺，加上她妈妈不停地在电话中跟她鼓吹在家乡为她谋求了一份多么安稳的工作，于是，她动摇了。

她提出离职，我并不感到意外。她心有余而力不足，她很努力认真，却始终跟别的编辑之间有点差距，这些我都看在眼里。

但我能感觉到她是真心热爱这份工作，都说兴趣是最好的老师，我相信假以时日，她会做出成绩来的，于是我试图挽留她。

“苏锦，你不要急，你先不要跟其他编辑比，你跟你自己比，你不觉得你已经比刚开始来的时候进步了很多了吗？”我看着她说。

她微微一愣，抬起头来。

“你之所以做书慢，只是因为做图书封面的经验不足，而公司对封面的要求又很高。可是你在写方案、做版式设计方面进步都很大。

“你不需要跟别人比，只要跟自己比，今天比昨天进步了一点，就算成功。”

苏锦是来辞职的，她以为我会很爽快地答应，没想到我会跟她说这些，一时她不知道该回应什么才好。

见她沉默，我问她：“你大学是学什么的？”

她回答：“会计。”

原来她和我一样，都是半路出家，学了别的专业却从事了文字方面的工作，可见是对文字工作足够热爱。

我让她把母亲和我说的话都抛到一边，仅仅遵从自己内心的声音，一周以后，再来告诉我走还是留。

一周后，苏锦选择了离开，我当然尊重她的选择。

半年多没有她的任何消息，我想她应该过上了自己想要的生活，并刻意避免跟我这个昔日的上司联系。所以，对于现在突然出现在我面前，并抛给我一个那么沉重话题的她，我一时真不知道如何回答。

窗外，霓虹灯不停地闪烁，五彩的光映照在苏锦施过淡妆的脸上本应熠熠生辉，但她眼中的焦灼与落寞却让她看起来疲惫不堪。

我跟苏锦说："你的具体情况我不是很清楚，但我的故事或许能给你一些启发。"

年少时，关乎我人生的很多次选择都是由父母做出的，我自己并没有选择的机会，或者说是我没有赋予自己选择的权利。

中考填志愿时，父亲让我填了师范学校和重点高中，后来我的分数能上重点高中，他觉得我上高中考大学比较有出息，于是，我上了省重点高中。

高二文理分班时，明明我喜欢文科，父母却认为"学好数理化，走遍天下都不怕"，而让我选了理科。

直到高考失败，我的分数和本科无缘，父亲觉得望女成凤梦破灭，成天发脾气。

虽然现在在我看来，人生足够漫长，如同一部厚重的书，高考只是其中一页，不管考得好与坏，翻过去就是了。

但当年，对十八岁的我而言，高考的意义重大，是决定人生成败的分水岭。高考失利，在亲戚异样的眼神和父亲的责骂声中，我体会到深深的挫败感。

在选择复读还是直接上一所大专院校时，父亲选择了让我上大专，他担心我复读不一定能考好。这一点其实正如我意，我也惧怕重过一遍那种每天算着高考倒计时的黑暗日子。

为自己的人生做选择题，是从我离开父母身边开始的。

我是在扬州某大学读的大专，扬州城风景秀美，宛如清新淡雅的江南美女，激发了我很多创作灵感。高中时写小说被父母认为是不务正业，现在进了大学，我终于可以泡在图书馆读喜欢的书，听喜欢的音乐，写喜欢的文字。

跟单调又辛苦的高中生活相比，大学的生活丰富多彩又自由自在。在美好的大学生活中，我给自己的唯一压力是——我一定要考上本科。定这个目标，有两个原因：一是我希望能充分利用大学的时间来提高自己，以弥补高考失利的遗憾；二是当时的就业形势所需，用人单位倾向选择学历高的人才，我希望将来自己求职时不会因为学历而被拒之门外。

学历更高意味着在求职时有更多选择权和自主权，能够选择自己相对喜欢的工作。

就像龙应台在《亲爱的安德烈》这本书中对安德烈说的那样："我也要求你读书用功，不是因为我要你跟别人比成就，而是因为，我希望你将来会拥有选择的权利，选择有意义、有时间的工作，而不是被迫谋生。"

大二时，有了"专转本"的机会，但是高昂的学费让我有些望而却步，毕竟家中经济条件有限。

我打电话跟父母商量要不要参加“专转本”考试，父亲说可以去试试看，考上后去不去上再说，如果我非要上，只能自己想办法付学费。母亲则坚决反对去考，说供我读大专已属不易，家里弟弟、妹妹上学也急需钱，我不能如此自私，为了自己的前途不顾弟弟和妹妹。

归根到底，父母并不支持我去考试，理由是没钱支持我继续深造。

打电话的那个夜晚我失眠了，辗转反侧，左思右想，最终我决定去参加考试。

这是我第一次违背父母的意愿，也是我第一次为自己的人生做选择题。

我无法想象如果当初不去考试今天会怎样，我只知道，我从来没有为这个决定后悔过。

后来，我通过“专转本”的初试和复试，进入一所重点大学。学费问题是我自己解决的，通过助学贷款和给杂志写文章赚稿费，我顺利读完了大学。并且，在这所大学里，我收获了一份难能可贵的爱情。

也是从那次亲自为人生做选择题之后，我才真正学会了独立。从那之后，虽然父母还是会时不时给我意见，但我仅作参考，每次做选择的决定权还是在于我。

大学毕业进入社会后，面临的选择就更多了——和他谈了那么久恋爱，该不该和他结婚过一辈子？房价下降了，该不该在这个时候买房子？工作做得不是很开心，该不该选择辞职？

对于职场中人而言，最常见的选择莫过于跳槽，这时，身边的人会给你不同的意见，你有时难免会失去主张。

就拿我上一次跳槽来说吧，那次选择比以往任何一次跳槽都要艰难。

我在那家公司创建了女性阅读品牌“蝴蝶季”，从 2008 年 1 月出版第一本带有“蝴蝶季”logo（标识语）的图书起，到 2012 年 12 月的整整五年时间，出版了上百本图书，也培养了不少原创作者。我的五年青春时光在“蝴蝶季”绽放，我的爱好和梦想在这里生根、发芽，我对“蝴蝶季”有着难以割舍的深厚感情。

因此，当新公司几次三番向我抛出橄榄枝的时候，我犹豫了。

新公司给出的薪水也不是很有诱惑力，跟之前的待遇差不多。此时，身边的朋友、家人都劝我留下来，公司领导得知我有去意时，也表示来年给我加薪。只有作者们支持我离开，说如果我到新公司发展得好，他们也跟着沾光。

说实话，当时我真的左右为难，一时间难以抉择。

可权衡再三，我决定接受新公司的 offer，但是提出了一个要求，希望不打卡考勤，不要求每天都去公司，实施弹性工作制。

我提这个要求不是懒得去公司，而是希望如果新工作忙得分身乏术时，我能留有一点时间照顾家庭、陪伴孩子。再忙的工作狂也不能忽略孩子的成长，毕竟孩子的成长只有一次。

虽然在新公司我享受的是弹性工作制，但实际上我比从前更努力，因为我要让当时不赞同我离开的人，甚至对我的选择冷嘲热讽的人明白，我的选择是对的。后来，事实证明如此，两年的时间里我给自己交出了满意的答卷。

苏锦听我说完这些，似有所悟，她望着我，真诚地说："亚娟姐，我明白了，我还是要自己做选择，不要被别人的意见所左右。当初我要是不听我妈的建议回老家，说不定现在已经做出一番成绩了。实不相瞒，我已经辞了家乡那份安稳但无趣的工作，准备重新做与文字相关的工作，我的爱好在这里，我愿意用汗水来浇灌我的梦想，我想，我终有一天会成功，像你一样。"

"如果你说的成功是指遵从自己的内心做自己想做的事，那我可以做你的榜样；如果你是指权力、财富、地位的话，我还差得很远。"我笑了，继续说道，"当然，后一种成功有的话咱也不拒绝。但我还是觉得，无论何时何地，做快乐的自己，能够选择自己想要的生活，比所谓的成功更重要。"

人生就是一张试卷，上面有很多选择题，怎么选择全凭你自己。纵使人生的选择题没有标准答案，选择的时候也要遵从自己的内心，日后少一点后悔，就算不负此生。

而且，你会发现——只要是遵从自己内心做出的选择，你一定会比任何时候都要努力,因为你想用行动去证明,你的选择是正确的。

那个决定不考大学的女孩，最后怎么样了？

一只等风吹上天的猪

一只等风吹上天的猪

半茶

[01]

我，生在塞外边陲。

走出校园后，我按父辈的意愿做了“企二代”，二十岁时，嫁了在同一个企业工作的男人，住在企业的家属楼里。每天早晨出门不到五分钟就到了工作间，一整天的活动范围不会超过整个厂区，每天晚上下班后不到五分钟就进了家……

很多次，望着工作间窗外那一缕流云，我默默地问自己，我生于斯、长于斯，难道，我还将终老于斯吗？

每每于休班时坐在松花江边，看白鸥在水面上倏然翔止，听紫燕在林树间婉转呢喃，盯着一江逝水里凝然不动的云和天，想，这水终是流向了哪里呢？

渐渐地，觉得家是一方小小的枷；工作间，是一座可怖的牢，而父辈们犹如话剧演员，用最真实的演绎活现了我的一生——日出而作、日落而息，柴米油盐，鸡毛蒜皮……这再寻常不过的烟火人生，一个日子叠着一个日子，一圈年轮套着一圈年轮，明天重复着今天重复着昨天，每一天都死水一般波澜不兴……站在时光的彼岸，我仿佛看到了整个生命的进程……

我，真的喜欢这样的生活？我真的要过这样的一生吗？

不，我不要，我不要这样！

知足常乐也好，随遇而安也罢，那都是60岁甚至70岁以后的事，而今天的我，正年轻！一颗想飞的心，正不安分地躁动！

我必须要做点什么，给生活打上属于我自己的标签，我要告诉命运，我活过，很精彩，绝不是别人生活的cosplay（角色扮演）。

可是，我要怎样才能做到？我究竟要怎样才可以做我自己？

我不知道，我不知道，我真的不知道！

我难过，我哭泣，我没有答案……

我颓然发觉，自己不过是一只猪，一只囿在栏里的猪，一只以为傻吃酣睡就是幸福的猪，却生了一颗想飞的心。

那是一颗蝴蝶的心啊，却困在猪的身体里，难以生出美丽灵动的翅膀……

我的心越发难过，我的身体想挣脱，我渐渐绝望……

[02]

蒲公英一样漂泊的发小儿来信，说起烟雨江南的曼妙，说起盛都京城的繁华，说起世界周遭的变化，说起……

我讶然——原来，世界那么美！可……和我没关系！

发小儿一次次劝我，劝我走出门看看，劝我换一种活法，劝我看清自己的心，劝我此心安处才是家……

发小儿还在信中说起自己人生的变化，说起一种叫作梦想的罕物……

我的心开始蠢蠢欲动了——原来，世界那么大，可我还没看过！人生这么短，我怎么好辜负！

我似乎知道了自己想要什么——那种叫作梦想的东西，在我的心底也是有的呀！

谁说的，人生是一场说走就走的旅行？可谁知道，真要走的时候，总有许许多多剪不断理还乱的羁绊与纠缠！

就像一个初学步的幼儿，每迈一步都要勇气。我渴望但害怕，我想要又犹豫。

父母说，世道艰辛，生活艰难，有份安稳的工作、有个和睦的家庭已是上天的恩赐，当珍守惜福。

男人说，难道我还不够疼你吗？外面的世界那么乱，花样那么多，一个年轻女人跑那么远去做什么？

公婆说，家里也不差你赚的那两个钱儿，要是嫌工作累，就回家。忙忙家务，陪陪孩子才是正经……

“我的世界开始下雪，冷得让我无法多爱一天，冷得连隐藏的遗憾，都那么的明显……”

一个人静静地坐在江边，听着熟悉的歌曲默默地流泪。诗人说，生活不只有眼前的苟且，还有诗和远方。为什么我的生活却不一样？

既然他们都是爱我的，既然他们都是为我好，难道，我真的应该听天由命做一只傻吃酣睡的猪？

好吧，那我……就做一只猪，做一只安分守己的猪，一只别人眼中的幸福的猪……

记得谁写过一篇短章，大意是，足球场上的草，让它生，却不许它长。或许，我的心就是那片绿茵场，那种草的名字就叫做梦想……

为什么我的眼中常含着泪水？为什么我的心空总漫起风沙？

[03]

日复一日，我过着两点一线的生活。努力做所有爱我的人眼中的乖乖女，努力去习惯猪一般的“幸福”生活！

只是，心欲静，而风不止。

乏味如水的生活让我越发想看看外面的世界，想飞的欲望难以抑制。身心的错位与扭曲让我日益痛苦，落寞与孤寂将我淹没，我越发爱使小性儿，脾气越来越大。

于是，父母语重心长的劝告越来越多，发小儿热切温暖的来信越来越少，男人的呵护与宠溺越来越热，婆家人警惕探寻的目光越来越冷……

一日，在掏心掏肺的倾诉之后，男人告诉我，是他，以爱之名，拿着我的日记，找到我的父母告了状，说我不安于室，要离家出走。是他，以爱之名，警告我的发小儿，叫她不要再怂恿我远行，叫她离我远点再远点……

以爱之名，以爱之名，以爱之名……

我终于爆发了，以爱之名构架的世界就这样坍塌了！想飞的心终于破茧化蝶挣脱了爱的枷！

我没有蝴蝶的翅膀，但我真真切切感受到了它扇动翅膀时掀起的气流——我的心，起风了！

虽然我还不够勇敢，只走出了家乡的方寸之地，在城市的车水马龙中寻找自己的方向。好在我还算大胆，连校对符号都不知道是怎么回事，就敢到一家出版社应聘做文字编辑。答了一套试卷，回答了几个问题，等待了一些时日，我终是如愿以偿。

从此，我的生活里有了诗百千的繁花满树，有了渴望被驯养的狐狸，有了泰戈尔的夏花秋叶，有了仲夏夜之梦……面对铺于案头的 A4 纸，看着纸样上密麻麻的文字，我每天像打了鸡血一样的激情四射，白天忙得团团转，连晚上做梦都在看样稿，仿佛每天都能听到梦想拔节的声音!

我爱上了这样的日子，爱上了这样的生活。

那天，我在纸样上读到了这样的文字——今天，我不是脱去一件罩衣，而是用自己的手撕裂一层肌肤……我已整装待发，我的希望与扬起的帆一起等待着风起……

先知的慧语字字叩心，泪水瞬间夺眶而出，随后，我笑了。呵，我为自己骄傲。

天空没有翅膀的痕迹，而我已飞过……

跳独舞的姑娘

李尚龙

[01]

马上要去柳州签售，忽然想起了一个故事，那是一个柳州的姑娘，1963 年出生。

那年，她从柳州考学，和我妈妈一起考到新疆的兵团高护班，那个年代，考进体制，就代表着优秀，就代表着生存。她热爱跳舞，一边读书，一边学习舞蹈；她喜欢跳舞，翩翩起舞的双手像是翅膀，能让她在那个充满限制的体制下有着飞翔的感觉，每次音乐起，她就开始翱翔。

毕业后，她就再也没见过我的妈妈，她从新疆毕业调回广西，又从广西调到北京，在北京的一家单位任职，据说，当上了局长。妈妈再次见到她时，已经是分别三十年后。

她们高护班的同学在北京聚会，好几桌，叽叽喳喳地讲着这些年，她两鬓已生白发，皱纹盖住额头，她们喝了两杯，画风开始统一，共同开始感叹：老了……

喝到兴起时，阿姨说：给你们跳支舞吧。

她打开手机，手机里放的是一首广西的名曲，她缓缓地站起来，礼貌地说了一句：好久没跳过了，见笑。她把厚重的羽绒服脱掉，苗条的身材像羽毛，前奏酝酿完后，她开始了舞蹈，她时而闭上眼，时而抿着嘴，沉静在那久违的旋律中。

她舞动着身体，忘我地展现出身体的每一丝美，虽然年纪已大，却依旧难挡年轻时的妩媚，妈妈和战友们看着入迷，不说话，像进入了梦幻，像看到了仙。她们就这么看着，第一遍旋律结束后，她们才被第一声鼓掌打断，从梦境中醒来，一起鼓着掌。

阿姨熟练地弯曲着身体，弯腰鞠躬，像是在完成着自己的舞蹈动作，又像是一个礼貌的回礼，她就这么跳着，直到音乐淡出结束，她在一群同学面前鞠躬还礼。掌声中，她抬起头，瞬间，她的眼睛红了。

妈妈递过去一张纸，跟阿姨说，都过去了，以后可以随便跳了。

那天，是阿姨退休的第一天。

[02]

这是一个悲伤的故事，因为谁都知道，在等级森严的一些体制下，女生不宜跳独舞。

她第一次跳独舞的时候，刚刚工作，那天，她喝了好几瓶新疆的“夺命大乌苏”，微醺中，她说，我给大家跳支舞吧。一位女护士怪气十足地说：王护士还会跳舞呢？

微醺中，她没听出来这位女护士的阴阳怪气中带着刺刀，她仗着酒精，一边哼着歌，一边跳着舞，她忘情地跳着，完全没有在乎周围人的眼光。那个年代，集体的力量是伟大的，集体的力量才是应该被弘扬的，集体的力量下，谁允许你凸显自己的美的，谁允许你在集体面前表现自己的，谁允许你用个人光环映射集体光环的？

可她全然不知，她跳完舞，礼貌谢幕，不一样的是，没有一个人鼓掌，只有一个她们单位最呆的同志拍了一下手，然后环顾冷清清的四周，尴尬地把手拆开挠了挠头。从此，她开始被单位的女性群体孤立，她不知道发生了什么，直到一天晚上，她被要求调离单位，临走前，没有一个人送她，她一个人孤单地离开了这个单位。

她不知道自己哪里错了，更不知道跳个独舞哪里出错了，这是我的爱好啊。

带着难过，她离开了原单位，她不知道的是，自己的噩梦才刚开始。

[03]

第二个单位男领导多，女性下属少，她想，终于没有嫉妒的眼神和话语说她凸显自己的美丽了，她可以跳舞了。在单身宿舍里，她最开心的事情就是每天下班后打开录音机放着家乡的歌曲，翩翩起舞。那时，无论多难过的一天，只要听到那些熟悉的旋律，烦恼都会被抛向九霄云外。

她只有一盘磁带，从不拿出录音机，一遍遍地反复听，不停地听着。

那是她第二次跳独舞，单位的年终晚会上，她打扮得很美。上台前，她特意请单位的摄影师给自己多拍些照片，尤其是她在奔跑、跳跃、旋转时，记得要把胶卷留给她，因为那是她最美的一天，她要用相机记录下这一切的美好。

可是，她万万没想到，正是这场舞蹈，给她惹了不少麻烦。

那之后，她遭到了单位许多男同事的骚扰，许多，还都是结了婚的老男人。摄影师说，你跟我在一起，我就把胶卷给你。其他男士跟她讲不痛不痒的荤段子，其中一个，还是他的领导。那天，领导以谈工作为由，请她到他家中，借着酒精，按倒了她，她挣扎着打了过去，愤怒地喊着：你把我当成什么人了？

领导捂着脸冷笑：你要是不想勾引我，干吗还要跳那种舞蹈？

别口是心非了。

那时，没有“直男癌”这个词，如果有，那个领导早就癌症晚期了。

直男癌不知道女生的舞蹈是跳给自己看的，渣男不知道女生的穿着不是给自己看的，但那时，她知道了一个道理：想要在国企生活下来，女生一定不要跳独舞，因为女人会孤立她，男人会骚扰她。

得不偿失。

回到家，她想要卖掉录音机，她对着录音机流着眼泪，然后忍痛把磁带从录音机里拿出来，最后，她卖掉了录音机，只留下了那盘磁带，还有那段独舞的美好。

[04]

十多年后，姑娘变成了阿姨，基层的经验让她升职很快，圆滑的个性让她少走了很多弯路，努力的工作让她不再受人冷言冷语。四十岁那年，她来到北京，成为一个重要部门的副局长，掌管实权，重要的是，那套领导班子里，只有她一位女性。

她的下属听说她年轻的时候喜欢跳舞，就送给她一台录音机，还把她最喜欢的歌曲刻成了CD，让她秘书在她进办公室时放起她熟悉的旋律。秘书照做了，在她忙碌的一天后，放了她熟悉的音符。她疲倦地走进办公室，忽然听到了曾让自己舞动的歌曲，可是，老练的她马上冷静了下来。

她问秘书：这是干吗？

秘书说：刘科长知道您喜欢跳舞，特意问了您原来的同学，给您送的音响，你也可以重拾一下旧时的爱好啊！您也可以没事的时候，跳跳舞放放松啊！

她看着音响，然后转向秘书，冷冷地说：不用了，给他退回去吧。

然后挤出一丝笑容，说：我早就不跳舞了。

这世上最难过的，想必就是这样了，年轻时不能舞蹈，老了却不愿舞动，一无所有的时候期待光环，以为光环就是翅膀，有了光环后，才发现所谓的光环，不过是枷锁，有着枷锁，永远不会展翅高飞，永远不能翩翩起舞。

[05]

饭局上，妈妈告诉我，阿姨今天退休啦，因为退休，所以可以放肆地跳独舞了，这是她这三十多年来第一次跳，是那么自由，是那么无拘无束。阿姨的父母都去世了，老公在广西长期和自己异地，儿子刚出国读书，她过两天，也就回广西柳州了，那是她自己的老家，也是她曾经的青春。

妈妈说到这里，叹了一口气，说：我们都老了。说完，摸了摸两鬓的白发。

我看着那位阿姨，她的眼眶依旧是红着的，像个孩子，像个受过委屈的孩子，一边哭一边自由地笑着。

我想她再也不用在乎别人的眼光了，再也不用限制自己跳舞了。

我记得那天饭局结束，阿姨问我：阿姨从今天开始捡起舞蹈，还来得及吗？

我说，阿姨，只要开始，永远不会晚。

几天后，我就要去广西签售了，我跟阿姨发了微信：阿姨，我要去你们家乡柳州签售啦！你要来吗？

阿姨跟我说，阿姨不在广西呢，阿姨在上海参加一个独舞选秀比赛呢。

不知怎么，我忽然被感动了。

点开她的朋友圈，她的朋友圈里只有一张照片，那张照片是一盘陈旧的磁带，只有一句话：青春一直在，只要你还能勇敢地翩翩起舞。

瞬间，我泪流满面。

一条鱼的未来

代琮

人生像是一条鱼变成一盘鱼肉的过程——或为煮，或为烹，或为生拌，或为烘烤，总之在造物主的大手里，变成时间这只饕餮的盘中餐，最后连渣也不剩，是毫无疑义的。但你又会发现，鱼在变成鱼肉前，在水里，却依然欢欣或是痛苦地奋力游动着。所以，我同是鱼，却不知鱼的悲喜。

——摘自聂羽的微博

北京是一个充满梦想的城市，也是个摧毁灵魂的城市。

聂羽在这个城市里足足挣扎了十年。

先是从五环破旧的地下室搬到了四环的主题公寓，又从公寓搬回了五环的地下室。这期间，聂羽的人生就像是琼瑶阿姨的剧本，可谓起起落落，悲欢离合。

最倒霉的是，聂羽却在这种反反复复的破日子里纠缠了整整十年。

十年，同窗的哥儿们，结婚早的，就连自己的孩子都更换了好几个梦想了。而聂羽，却还是抱着他那把破吉他，像在怨怼全世界一样继续唱着他的民谣。

十年间，聂羽的梦想开始慢慢褪色，爱情也渐渐变质。与他一起北漂的女友顾一蓓，在十年间也从地下室搬到了公寓，再从公寓搬进了豪门，而现在，却又经常出没在聂羽破旧的地下室里。

在聂羽看来，世间的事，没有什么是值得为它树碑立传的，比如梦想，也包括爱情。

生活中，我们大概被很多虚构的爱情故事或者励志故事所影响，却低估了它对我们的影响力。就像聂羽，沉浸在百无一用的幻象里，却无法绘制自己正确的人生地图。当然，这只是我作为一个现实主义者的个人观点，作为同窗，我其实还是非常尊重他的这份执念的。至少，坚持一件事情数年，是需要一定的勇气的。毫不掩饰地说，我是做不到。

就像聂羽这些年的北漂生涯——卖命工作，却仍旧住着北京五环外环境较差的地下室，找着小按摩店里质量最差的妞。聂羽多年前怀才不遇时，他憎恨命运。在女友顾一蓓嫁入豪门后，他便开始憎恨起女人。

聂羽说："现实让人觉得无奈，唯有未来，让人心存幻想。"

聂羽之所以不愿意接受家里的安排，回家“成家立业”，就是相信自己终有一日肯定能在北京扎根，能在顾一蓓面前扬眉吐气，能给坚持多年的自己一个交代，能给那些吃瓜群众一个噎死人的大瓜。

但是，对于有的人来说，未来是瞬息万变的，而对于聂羽来说，是一成不变的。

聂羽不想被命运宰割，更不甘被命运宰割。

但是这种自我麻醉的日子重复了十年，他厌倦了。

他仿佛厌倦了一切：生命，欢乐，工作，以及爱。

于是乎在他的一生中，每一分钟他都尽力避免“咬钩”，有时候他也会扯一扯香喷喷的鱼饵，让钓钩呼地甩向空中，而他却在水底冷笑。这是鱼的游戏，聪明的鱼都知道。聂羽自诩是一条聪明的鱼，于是便饿着肚子沉在海底。

聂羽周游在每个陌生女人的酮体间，有时候他感觉她们似曾相识，有时候又觉得她们陌生到让人不寒而栗。

一间小小的地下室里，房间开着灯，光线昏暗，墙上挂着一把木吉他。聂羽穿好衣服，从钱包里拿出几张皱巴巴的人民币，递给了旁边正抽着根细烟的大胸妹。

大胸妹接过聂羽手里的钱，快速地数了一下，鄙夷地看了一眼聂羽，一脚踢倒垃圾桶，走出地下室。

而此时的聂羽，正坐在一把破椅子上，倚着椅子发出冷笑。

几分钟后，聂羽打开电脑，靠在椅子上。一阵烦乱从他的心头掠过，像是有人抓住肠子，用力地往下拽，他突然间觉得特别空虚。然而这空虚又终究如那野史传闻一般，找不到任何出处。

这座喧嚣的城市里，没有文化，只有酒。没有爱情，只有蝌蚪。

聂羽觉得自己完全就是个失败的半成品。

也许自己就应该再变回蝌蚪，重新长大。

而在聂羽看来，事实上，精子和蝌蚪之间，是那么的相似——或许造物主注定了要证实“鱼”的理论吧。

此时，聂羽的电脑里正悠悠地唱着民谣，他打开 QQ，翻看着那些曾经和他有过交集的女人的状态，她们都过得很好。聂羽觉得自己就像一个魔咒，经历过他的劫难的女人都会遇到真正的爱情，当然，顾一蓓除外，第一，顾一蓓不是嫁给爱情，第二，顾一蓓和聂羽至今仍保持着外人看不清的关系。

聂羽正打算关掉电脑。这时电脑 QQ 上闪着一个好友请求。

闪出一个验证消息：未来请求添加您为好友。

未来？有点意思，聂羽接受了请求。

未来：“你今天过得好吗？”

聂羽：“不好。”

未来：“为什么呀？”

聂羽："因为和昨天一样。"

未来："看起来，你好像不快乐哦？"

聂羽："大概是！"

未来："那你幸福吗？"

聂羽："这有什么区别吗？"

未来："幸福是，你拥有了你渴望的。快乐是，你活出了你希望的样子。"

聂羽："小丫头片子，你是准备给我喂鸡汤吗？"

未来："你等一下！"

聂羽饶有兴致地点燃一支烟，靠在椅子上等待着。

然而在聂羽抽了很多支烟后，未来都一直没再回复，聂羽点开未来的头像，头像变成了灰色。聂羽有些恼怒，通常都是他喂别人鱼饵，今天他感觉自己被钓了一般。

聂羽索然无趣地站了起来，出门去了卫生间，几分钟后他愤愤然地走了回来，随意地甩手关上了房门，蹬掉脚上的拖鞋，然后把自己卷进被子里蒙头大睡。

除了热爱唱歌和音乐，聂羽生活中还有一份职业，是一家金融公司的推销人员。按理说，他这种不苟言笑的性格，是干不好这行的，但人有时候都是这么两极分化的东西，聂羽上班的地方每天早晨都要集会，带头的都像是打了鸡血一般带着一群人，像打了鸡血一样喊着口号，而聂羽就是那个带头的。用聂羽的话说，他常常感觉自己就像是带着一群二货去报复社会一样，即使知道一切都是徒劳，但是大家把内心那股窝囊气喊出来还是蛮爽的。

顾一蓓是个靠着绯闻和潜规则上位的三线小歌手，几乎每天都能看到关于她的花边新闻，但最近占据头条的还是她和富豪老公亮起了红灯的婚姻，聂羽一天傍晚下班，看到顾一蓓一身华贵地站在他地下室住处的门口。

昏暗的灯光下，顾一蓓流着眼泪看着聂羽。

聂羽带有一些调侃地说："哟，看来新闻上说的是真的了？"

顾一蓓略带悲观地回答："聂羽，他知道我们的关系了。"

聂羽说："那麻烦你转告他，跟我有关系的女人多了去了，来不及算上他太太。"

顾一蓓更加有些着急地说："聂羽，我们有麻烦了。他不会放过我们的。"

聂羽眼里露出不屑，逼近顾一蓓，说："我他妈怕过谁啊？"

聂羽一把搂起顾一蓓，打开地下室的门，直接把顾一蓓扔到了床上。

在这狭窄的地下室里，一身奢侈品的顾一蓓和聂羽，就这样肆无忌惮地滚起了床单。

后来聂羽和我谈起这件事，他说，其实自己当时的感觉是很奇怪的，说是一场没有爱的缠绵，还不足以形容那一刻的感觉。想来也是，即使是曾经耳鬓厮磨的恋人，现在关系变得如此畸形，又怎会让人内心舒服呢？我想聂羽当时或许是在泄愤吧。

也就是在那天晚上，聂羽突然做了一个决定。

即使他逃脱不了命运的安排，要为人鱼肉，那也要做一块发霉烂臭的肉，让你无法下口。

于是他穿起衣服，赶走顾一蓓，然后一个人出门游荡在公路上的灯光下。

聂羽蹲在路灯下抽着烟，等他吞云吐雾了许久，仍旧没有任何惊喜。接着他又在街上遛了一圈，甚至连车祸都没看到一桩，煞是扫兴。

后来聂羽说，那是他第一次觉得那座城市太过平庸。

那时，聂羽突然想起了那个叫未来的女子，那个他曾经以为会给他惊喜的女子。

空虚的人容易对神秘的东西感兴趣，尤其是聂羽这样的行尸走肉，潜意识里任何红光都是希望。

聂羽又回到地下室的住处，打开电脑，登上 QQ。

未来的头像闪动着。

聂羽点开与她的对话框。

未来："那天奶奶生病，我送她去医院了，现在才回复你，抱歉。"

聂羽的手僵持在键盘的上空，他被这个不加修饰的女孩的真实所感动。

聂羽后来回忆说，其实他当时已经在脑海里组织了一大堆妙语连珠的话，但在看到女孩跟他认识不久，就跟他如此真实的交心时，他的手也只好机械化地敲出了这么一行字：辛苦了，祝奶奶早日康复。

兴许你会感到不可思议，这么一个玩世不恭的人，怎会因这么简单的几句话就感动呢。

其实，因为聂羽实际上就是个简单的人，但生活中他成天面对的几乎都是面具，偶有这么一个真实的人出现，以这么简单的方式，反而恰到好处。

从那之后，过了很久，聂羽和未来之间一直没再联系。

一天晚上，聂羽刚邂逅完一位浓妆艳抹的女子。

回到住处，他习惯性地打开电脑登上QQ，突然收到了未来的留言："我不是很习惯在网络上交朋友，要不然你给我地址，我们写信吧。"

聂羽看着未来的留言，忍不住发笑："都什么年代了，还交笔友？"

但是聊到最后，聂羽还是把自己的地址发过去了。

然而，第二天晚上，下班的路上，聂羽出事了。

一场"意外"事故。

聂羽在这场意外里毁掉了自己对未来的希望和向往——语言中

枢严重受损。

要知道，对于一个爱好唱歌的人来说，这比绝症还可怕。

我想这场意外并不是意外吧。

因为在他昏迷期间，顾一蓓来过几次，每次都是抓着聂羽的手不停地哭，不停地道歉。

聂羽醒来后，又睡了过去。

聂羽大部分时间是清醒着的，但都是闭着眼睛。

我无法体会他的那种绝望，我能做的，就是每次未来来信，我就给他送过去。有时候读给他听，有时候他会自己看。

直到我看到聂羽开始回信，看到他坐在病房里一字一句地倾诉着他的伤痛。从那以后，聂羽开始随身携带本子和笔，用来代替自己的声音。

有一天，聂羽给我看了一封来自未来的信，信中她写了这样一段话：跌落、伤痛甚至是病痛都是人生的一部分，我们不应该躺在原地怨恨任何事任何人，勇敢追梦是一种难得的勇气，停下来同样需要勇气。也许我们丧失了某种能力，但我们这一生并不是为了某种能力而生，任何事都无法阻止我们快乐地生活。

然后聂羽在自己的本子上写下这样一句话：我像一个圣斗士一样守护了这个梦想、能力这么多年，现在我已经只剩下这个能力了。

说到守护梦想，我想到了小学五年级时的聂羽，课间十分钟也总是在阳台上练嗓子。

而班里的小伙伴们，却总是在聂羽身后捉弄他。

面对捉弄，聂羽不为所动，坚持完成自己的“演唱”。

张三一边说着“装逼遭雷劈”，一边说时迟那时快地站起身，不由分说一脚踢在了聂羽的屁股上。

“我叫你装，我叫你装！”

刹那间，全班男生纷纷响应，哄堂大笑。

掌声雷动：“三哥威武！”

张三的狗腿子李四应声而起，他揪起聂羽的衣领，嚣张跋扈地说：“就凭你这怂样儿，也想当歌星啊？”

坐在后面的那群男孩儿挤眉弄眼地笑开了，聂羽张皇失措，用背抵着阳台，仇视着沸反盈天的这群男孩儿。聂羽又一次感到孤立无助，这使他感到特别沮丧。张三又顺势推了他一把，聂羽踉跄了好几步，最后还是一屁股坐在了地上。这次，就连原本看好戏的女生们也放肆地笑起来了。

作为聂羽小学时期唯一的朋友，对他的遭遇抱有深刻的同情以及无能为力。那时的我，实在不知道应该怎样去保护一颗受伤的自尊心，以及应该怎样为了他的自尊去和一群人去抗衡，当时大家都还是孩子，当然更坦率地说，我还是不能以卵击石，我说过我是个现实主义者。

我记得，当时那群人一哄而散后，聂羽把头埋在阳台上，瘦弱的他看上去有些孤独。十二岁那年，我第一次在心底使用了孤独这个词，从此孤独就好像跟我的好朋友聂羽如影随形。很奇怪，在这个功利的时代，坚持梦想的人会变成社交群体里的隐形人。他们要么被欺负，要么被当作谈资。一旦成功了就是传奇，失败了呢，便成了笑柄。所以，失败者们的努力便无处诉说。偶尔，我也会偷偷地问自己，追求自己的梦想不应该是理所应当的事吗？但是，我竟然可悲地发现，自己没有梦想，和大部分好孩子一样，我也是父母精心修剪的盆栽，我一直按照他们所希望的样子，从没有走歪过。

因此，我大概明白此时的放弃对聂羽意味着什么。放下的那一刻，意味着也放下了他的骄傲，他的梦想，他的青春。失去了骄傲的聂羽将如何快乐起来？

那天，顾一蓓带着一个心理医生来给聂羽做心理疏导。

一开始聂羽是抗拒的，后来心理医生让聂羽画一幅画，心理医生要通过画来解析聂羽的心理。聂羽一阵坏笑后，画了一幅春宫仕女图。

心理医生无奈地看着聂羽，顾一蓓在一旁尴尬地打着圆场。

聂羽接过笔在本子上写道：通过目测寻找答案，我也会。我能直观地猜出你的三围，请问我算不算也有这方面天赋呢？

心理医生无奈地看向顾一蓓。

顾一蓓也只好送走了心理医生。

那天，顾一蓓走的时候邀我去医院附近一家咖啡厅喝咖啡，顾一蓓跟我说，无论如何她都要治好聂羽，哪怕花光她身上所有的积蓄。

我当时没有说话，大概明白了聂羽为什么总说顾一蓓俗不可耐了，因为直至此刻，她依然不能理解聂羽，也不知道他到底是哪里病了。在她眼里，似乎什么都是可以等价交换的，青春可以换来财富，财富又可以换来青春。

但是她不明白，有的东西错过了就是永生。

一天，我去看聂羽。

打开病房门，看到房间里空无一人。我当时有些紧张，四处寻找。

我想到了所有最糟糕的结果。聂羽没有亲人，没有财富，没有恋人，这下连骄傲都丢了，他应该不会选择放弃自己吧？

想到这里，我赶紧跑去医院的天台。

果然，聂羽就在天台，但他并没有打算轻生，他站在天台上，凝视着这座城市，表情异常的平静。

我走近聂羽，看到他手里握着一张 A4 纸。纸上的笔墨未干，是一首刚刚写的歌。

看见我，聂羽发自内心地笑了起来，然后把手中的词曲递给了我。

我看到标题写着——《重生》。

当时我鼻子一酸，真的，我为他的坚强所感染。这才是我认识的勇者，我很感谢他换了一种方式守护着梦想。

聂羽出院那天，我应他的要求，陪同他去了信封上的那个地址。

一路上，聂羽一直在反复地看着他包里那一封封厚厚的信，几乎没有时间和我交流。

我从后视镜里看着聂羽，他的神情似乎有些紧张，像是个备考的考生，临考前复习着一般。他呼了一口气，把那一沓信又放回包里。

我笑着问："怎么，有点紧张？"

我接着说："我知道你在担心什么，但我认为未来应该就是你的希望。她肯定不会那么世俗的。"

聂羽看着我，笑着坚定地点点头。

我知道，聂羽在害怕，即使他已经接受了自己失声这个事实，但他还是害怕别人不能接受。也是，毕竟有时候我们的一切不仅仅要被自己认同，还要被他人认同。

我和聂羽的汽车开进了一个小镇，然后我们在一家小阁楼的芭蕾舞教室里，看到了未来。

教室里，一群女孩在跳着《天鹅湖》。

一个女孩坐在轮椅上，纠正着其中一个女孩的动作。

女孩看到我们，划着轮椅向我们走过来。

女孩笑着问："你们找谁呀？"

我有些惊讶，而后看向聂羽。

聂羽比划着，然后拿出包里的书信。

女孩笑着，露出了梨涡："我就是呀。"

聂羽和女孩相视而笑，像是久别重逢的故人。

我很欣慰，我感觉他们就是这个红尘里的共生体，在久经磨练后终于找到了自己灵魂的宿体。

人生是一条鱼变成一盘鱼肉的过程——或为煮，或为烹，或为生拌，或为烘烤，无论是在大海，还是在鱼缸或者是案板上，我们要做的事,就是在自由的时候尽情地欢欣,去做让自己感到快乐的事。

一只在风中奔跑的包子

拾月

[01]

周童记得，在小学的时候，大人们都在谈论“金融风暴”，作为小孩的她对这件事情没多少概念，唯一印象深刻的是：父亲手提着一只小皮箱，站在了家门口。

母亲问父亲：“你中午吃过了吗？”

父亲不说话，只是走到了周童身边，伸手摸了摸她的头。

因为金融风暴而破产的父亲回来了。周童的家从那天起，又完整了。

曾以为，这个家会在柴火之中开出玫瑰的，可是……可是到了周童高一那年，父亲突然进了医院，还没明白生死意义的她，在殡仪馆火化炉的门关上的瞬间，便长大成人。

自父亲离开，这个只剩下两个弱女子的家，便要开始背负着父亲生意场上所遗留下来的各种外债。

有时候，母亲拭泪问：“如果不让你念书了，会不会怪我？”

周童都毫不犹豫地答道：“不会。”

渐渐地，在同学眼中，周童成了怪人。特别是在晚上宿舍熄灯后，女孩们会讨论偶像，聊着些女儿家的心事，只有周童一个人拿着手电筒，大腿上放着个枕头，埋头写东西。没人知道周童这样一直写到深夜，到底是在写什么。

很多同学不再喜欢跟周童来往，认为她不合群。甚至有的女同学故意挖苦：“没有父亲的人，就是家教不好，一点儿都不懂为人处世。”

听着那些言语，周童的心扎得疼，但还是选择了忍耐，将那些无法表达出来的话语，写到自己所编织的梦里。

流浪在文字里面的灵魂，都是惶惶不安的。沉默，是周童唯一抵抗嘲笑的武器。成年后的她，每每想起自己高中三年，深知沉默也不过是一种逃避。她特别胆小，同时清楚自己没有半点与这个现实世界抗争的能力。

当时，十六七岁的她是家中最沉重的负担。没有人能告诉她，如何才能挣脱这种无限深陷的自责。

[02]

陈谦比周童年长一岁，两人从小便玩儿在一块儿。陈谦学习成绩好，在他去北京念书以前，会在周末帮周童补习功课，而周童总是解不出陈谦出的题。

周童形容陈谦是一副正人君子底下，肚子里也有不少坏水。就像某个炎热的暑假，陈谦骑着自行车载着周童，周童坐在车前的横梁上，夏日的凉风窜到口中，都是甜甜的。

陈谦说："你得把领口拉拉。"

周童不解："怎么了？"

陈谦说："我会看到你胸口。"

周童仿佛还听见了一句"我都看到好几回了"的嘀咕散在夏风之中，她的脸烧得火辣。

高考前夕，周童在学校的电话亭打给远在北京的陈谦。他告诉她一定要专心学业,争取考上北京的大学,不要再沉迷写什么小说了。

周童都"嗯嗯"地应声。

其实，周童早已明了，自己是不会去北京的，去北京费用太多。对周童的家庭而言，上大学也特别牵强。而陈谦，他是站在殿堂里面闪闪发亮的娇子，自己耗尽全力，都无法企及的。

高考结束当天，周童在教室的走廊里站了很久，看着日落，看着夜幕降临。她选择了自己的路，选择了与陈谦分道扬镳。

陈谦在北方有了女朋友。周童在电脑屏幕上看着他为那姑娘庆祝生日，看着他在雪地上为姑娘画爱心，看着他在企鹅签名的字里行间对姑娘所表达的情意。

周童在南方，边上大学边每天苦恼如何编理由来请假出去做兼职赚钱。她对陈谦有很多想说不敢说的话，那些言语，最终也只能幻化成文字。周童在网上写了很多故事，故事的主角是陈谦，也不是陈谦。

一直到周童大三的那年暑假，陈谦回来，他把她约了出来，两个人沉默不语地在麦当劳坐了一下午。分别之前，陈谦说："我搬了新家后你都没来参观过，明天来玩吧。"

第二天，周童去了陈谦家，给他烧了一桌子的菜，再把他已经泡在洗衣桶两天的球服给搓洗了。

陈谦不说，周童也懂。他跟姑娘分手了。

午后，陈谦要去书房打游戏，让周童到自己的房间睡午觉。周童睡在了陈谦的房间，盖着毯子，看着日光从窗户跃进房间。一瞬间，周童感觉自己特别幸福。

等周童醒来的时候，发现陈谦正隔着被子抱住自己睡着了。她想往他的额头亲上去，却始终没有勇气。周童只是心中默默地数着陈谦的呼吸，矫情地希望自己就此老去。

在陈谦回北京以前，周童问他："你喜欢什么样子的姑娘？"

陈谦没回头看她，只是淡淡地答道："人生轨迹跟我差不多的吧。"

听到答复的周童，就差没把下唇咬破。她低下头，看着自己已经被洗得泛白的裙摆。

[03]

周童大学毕业那年，又来了一场金融风暴。而这个时候的她，手里捏着一份简历，像一条半死不活的小泥鳅，被扔到了龙蛇混杂的人才市场之中。身边的人很吵闹，闷热的空气里面，散发着难闻的汗味。她站在原地，四周环顾，看不见自己的将来。最终，她去了一家工厂里做了个小小的助理。

2008 年，周童月工资一千二，除去坐车跟存钱读考证班，压根连工厂饭堂都吃不起。她每天就到工厂附近的菜市场的包子店，买两个五毛钱的菜包。到了晚上，骗过母亲已经吃了晚餐的周童，吞着唾沫蜷缩在床上，想着办法让自己赶紧睡着。只要天亮了，就能迎来明天的那一顿包子午餐。

工厂的大部分同事不太喜欢周童，总觉得她有大家未知的独特。人们对于不被同化的异类，都是排斥的。

周童跟别的刚毕业的大学生一样，连传真机跟复印机都不会用，可她会写故事，文章被刊登在企业文化小报上。聚会酒桌上的她沉默不语，当领导不胜酒力的时候，只有她毫不犹豫地端起酒杯去挡酒。

有一次，周童被安排去将工厂男女宿舍的水表都抄一遍，她一声不吭地去做了。当她敲开第一间男宿舍门的时候，面对一屋子光着膀子只穿着裤衩的男人，周童内心有点难受，但依旧按时完成了工作任务。

这么来回几次后，不知道为何，上头告知周童，不再需要她去抄水表了。周童并不觉得松了口气，只怕又有什么新的事情等待着来刁难自己。

[04]

陈谦后来考上了公务员，这消息周童是从以前的同学口中得知的。大三那年的暑假过后，两人再也没有联系过。

夜深人静的时候，周童在网上码字累了，就会点开陈谦的空间，看着发呆。陈谦的空间不知在什么时候已被清空，周童了解陈谦的脾性，如此的清空行为不过就是在说明，陈谦的生命之中，又走进了一位新的姑娘。

周童始终认为与陈谦断联是件正确的事情，因为当下的她是个饭吃不饱、连坐公交车都得算计着费用的姑娘，她毫无勇气在陈谦面前暴露一个如此不堪的自己。或许年轻最无力的事情，便是我连朝你靠近半步的底气都没有。

终于有一天，周童看到陈谦的企鹅签名有了更新——关于他的婚讯。时隔多年，周童主动给他发了消息：新婚快乐。话语发了过去，周童便狼狈地关了对话框下线。她能祝他幸福，无法祝他们幸福。

陈谦婚宴的那天，周童独自在海边坐了一宿。后来她总会跟别人说："沙滩死寂一片，天空没有星光也没有月光。海水很近，但我眼前只有漆黑。能听见海浪的声音，很轻很柔。就像陈谦，我再也看不见，我只能凭着记忆听见他呼吸的频率。"

故事的后来，其实也是挺简单的。周童换了不少工作，也写了不少网文，甚至帮别人当枪手。她觉得理想重要，温饱也重要。她不想放弃。

[05]

转眼间，周童大学毕业的第十个年头也将过去了。

陈谦是在路过书店的时候，发现周童的。很巨大的一副海报被贴在书店的橱窗上，海报上的人正是周童。陈谦站在原地，看了很久。

周童是在自己的新书发布会上，再见到陈谦的。当时活动已经开始了，坐在台上的她余光不经意地瞥到入口处有那么熟悉的一个身影，跟梦中那个穿着白衣校服的少年，一样的身影。

周童朝他粲然一笑，而陈谦也笑开了眉眼。

刹那间，周童仿佛回到了初三那年。那会儿陈谦作为学生代表上台讲话，周童被同学推到了第一排，刚好正对着陈谦所站的位置。周童抬头看了过去，慌乱中朝陈谦做了个鬼脸。陈谦被她逗得乐了，原先严肃的脸，竟然傻笑了起来。

风来了，校园里那红艳的凤凰花花瓣飞扬着，落在了周童的头顶上。瞧着周童的样子，陈谦忘了自己的演讲词。

新书发布会结束后，周童独自站在路边，回想着陈谦出现在发布会上的情景。

突然间，周童身后出现了一个声音："我刚才忘了找你签名。"

周童转过身，便看见了陈谦，而他的怀里，正抱着一本自己的书。

只是陈谦久久都没将书递给周童："这么多年来，我总是莫名其妙地想起一个姑娘，她挺奇怪的，不能吃鸡蛋喝牛奶，吃了就肠胃过敏，发作起来吓人。好笑的是，她明知自己不能吃，却偏要吃，每次疼得死去活来的时候，她的同学就会跑到我班上，说'师兄，周童又不行了'，吓得我赶紧跑去将她抱到医务室。你说，这姑娘到底怎么想的呢？"

周童咬着下唇，低下了头，轻声喊了句："师兄。"

陈谦朝前一步："她还特别笨，数理化学不好，我给她补习的时候，她又偷懒睡觉，睡着时嘴巴会微微张开，特别丑。"

周童一直看着自己的裙摆。这天晚上，周童穿了身新买的紫色连衣裙，裙摆上有好看的蝴蝶刺绣。是的，她不再是十多年前那个穿着被洗得泛白的裙子的女孩了。

周童伸手，试图拿过陈谦手中的书。

只是陈谦一点都没把书给她的意思，继续说道："有次我偷偷亲了她，你说，她是真的睡着了还是在装睡？"

"啪"的一声，书掉落在地上，不知是因为陈谦故意放手，还是因为周童抓不稳的缘故。

"师兄，你……你现在……"周童没勇气问出心中的话。

"我现在一个人。"是陈谦将她的话补充完整的。

周童一脸的不可置信，久久说不出话来。

陈谦伸手抚在她头上，说："就是不知道这么多年来，她还会不会故意去吃鸡蛋喝牛奶，如果不小心吃了，在她肚子疼的时候，有没有人带她去看医生。"

周童哽咽着，摇了摇头："没有了。"

后来，陈谦将周童这么多年所写过的故事都看了一遍，问她如何做到十八年来心中只有一个人的？

周童吃着包子，笑嘻嘻，不作答。

陈谦又问周童，如何才能做到十多年都把写作坚持下来的。

周童放下了手中的包子，说："因为不想自己往后的人生只吃得起包子。"

每个姑娘，都有三家酒馆

宋小君

人一生分四季，谁也不知道冬天什么时候来。

南方人陈华足足用了三个月，才和妻子，噢，不，前妻，把离婚手续办妥了，财产分割好。

成年人凡事妥帖，和妻子没有大吵大闹，平平静静地把婚离了。

只是想不到，这种事后劲太大。

陈华三个月以后才开始难受，心理上，生理上，心里没光，他说，被关进了一个黑屋里，伸手不见五指，一点光都没有。

朋友们劝，不如换个环境。

陈华想了想说，得换个气候。

把杭州的事情处理好，只身一人，到了北京，从南方到北方，气候换得狠，可能更容易好起来吧。

第一件事是租房子。

生活就是这样，不论你多么难过，琐事不会放过你。

找来找去，看中了一个小区。

小区幽深，算是闹中取静了。

不巧的是从中介那里得知，房源不多，只有一个二楼。

陈华跟着中介看了看，一室一厅，不大，倒也温馨。

怕孤独的人，不适合住太大的房子。

就这里吧。

交了钱，办妥了手续，新工作还不知道在哪，陈华又百无聊赖了。

陈华不抽烟，不喝酒，以前觉得是优点。

可现在想想，不抽烟，不喝酒，难受的时候少了一些宣泄的手段。

宅着不出门。

还给自己写了一幅字“一宅一生”。

无事可做，无人可想，索性就睡觉。

睡着了，又睡醒了，尽可能把清醒的时间压缩。

别人酗酒，酗烟，自己酗睡。

睡着的时候，世界是混沌的。

时间整块地过，不用论秒计算。

不知道睡了多久，夜很深了，突然被吵闹声惊醒。

陈华蒙住了头，吵闹声却更大了。

陈华不知道哪里来的怒气，砰地坐起来，从窗户探头出去看，这才发现，自己楼下，是个商品房，不知道什么时候开了一家酒馆，酒馆里，灯光耀眼，人头攒动，所有人都带着酒后的冲动劲，动作夸张，说话大声。

这他妈都几点了！

陈华穿着睡衣，趿拉着拖鞋，冲下楼，绕开人群，直奔吧台，怒气冲冲。

莫名其妙地就锁定了坐在吧台里低头看手机的女老板，刚要开口质问，女老板抬起头，美貌几乎是激射出来，陈华打了个激灵，把已经到了嘴里的话，又赶紧拦住了。

看着睡得头发狰狞的陈华，女老板先开了口：睡不着？

陈华中了邪一样，点头。

女老板砰地扔出一瓶啤酒：喝点？

陈华又点了点头，啤酒瓶上画着一条妖艳的狗，仔细看，Raging bitch（美国啤酒品牌）。

陈华莫名其妙的，睡意和怒意全都不见了，乖巧地坐在吧台前，喝着啤酒，看着招呼客人的女老板。

甜麦芽，松子，还有一股古怪的辛辣，从舌尖儿冲进了胸腔里，让人有点晕眩，想干点什么坏事。

陈华不知道这是啤酒的味道，还是女老板的味道。

陈华心里似乎有了一道光。

以前从不喝酒的陈华，那天晚上，喝了六瓶 Raging bitch。

最后自己也不知道怎么回的家。

第二天早上醒来，头没疼，胃里还有啤酒的味道。

他想到了什么，坐起来，打开窗户，探出头看，春桃酒馆。

真骚啊。他心里莫名其妙地想。

从那天开始，一到了晚上，春桃酒馆开张，陈华就成了常客。

坐在固定的位置，看着，不，应该说，观赏着，女老板张牙舞爪地招呼，又风骚又得体地应付着酒后言语和动作都轻佻的客人们。

坐到客人都走光了，陈华得了空，没话找话，老板娘，你这里的啤酒种类有多少啊？

女老板擦完桌子，走过来，看着陈华，别叫我老板娘。

陈华不解。

女老板说，老板娘听着像寡妇。我明明是一少女。

陈华被逗乐，那叫什么好？

女老板脱口而出，叫我二姑娘。

二姑娘，这名字有意思。

陈华从窗户里探出头，用绳子吊下去一个筐，筐里放着现金，喊，二姑娘，两瓶 Raging bitch。

把啤酒吊上来，坐在窗口喝，像个上帝一样，俯视着各怀心事的酒客，俯视着二姑娘头发上的发卡，鼻梁上的汗珠，吊带衫的透明带子。

又一个深夜，吵闹声把陈华从一场久违的春梦里吵醒。

陈华听着听着，感觉不对劲，走到窗户边，去看。

不好，二姑娘正被居委会大妈率领着大爷大妈们围攻：

你这是扰民！

还让不让人睡觉了？

我要投诉你！

什么素质？！

二姑娘左支右绌，一嘴斗不过一整个军团。

这时候，大爷大妈的腿突然被向两侧分开，大爷大妈们愕然地低头看，都吓得发出惊呼。

陈华艰难地爬在大爷大妈的腿脚中间，像一条穿越丛林的蛇，爬到了二姑娘面前，二姑娘也愣了。

陈华声音平静，我瘫痪两年了，全靠我老婆开个酒馆养着，各位大爷大妈，我给你们赔不是了。

大爷大妈同时安静了下来。

二姑娘还没反应过来，陈华拧了一把二姑娘的腿，二姑娘的眼泪及时地流下来了。

居委会大妈招呼着，都散了散了吧，走之前，一人买瓶啤酒吧，小年轻也不容易。

意外地卖出去十几瓶啤酒。送走了大爷大妈，二姑娘看着端坐着喝啤酒的陈华，笑了。

两个人第一次这样坐下来，喝着酒，有一搭没一搭地聊着。

面对着二姑娘，陈华一不留神就暴露了自己的秘密：

和平离婚，能分的东西都分了，谁也不恨谁，除了难过，没有别的感觉。

你得承认，有些女孩，让你特别愿意跟她袒露自己的秘密。

二姑娘听完，有意无意地说了句，有伤的男人，有魅力。

听得陈华一呆。

那你呢？怎么想到来这里开酒馆？

二姑娘喝了酒，双颊有一点红，像这条街上最大的那间水果店。

她说，这只是我的其中一家酒馆。

嗯？还有几家？

二姑娘竖起两根指头。

陈华看着她指甲上镶着的 Hello Kitty（凯蒂猫），心里奇奇怪怪地一软。

还有两家？在哪里啊？

不告诉你。

接着喝，啤酒瓶散落了一地，脚一不小心碰到，发出清脆的声响，像一首情歌。

二姑娘软成一团，仰着头，指着屋顶，问，这里是你的客厅？

陈华说是，客厅里放着很多啤酒瓶。

二姑娘又指，这是你的卧室？

是，有一张挺大的床，是我的主要活动范围。

那这里是你的厕所？

是，厕所是人在尘世的出口。

噗，那这里呢？你的厨房？

对，厨房是我最后可能毒死自己的地方。

哈哈哈哈哈。

两个人都喝得脑袋沉了，看出去，觉得自己像是被团在雾气里。

二姑娘突然站起来，摇摇晃晃地往外走。

陈华跟着站起来，哪儿去？

二姑娘没回头，说了句，去看看你的床有多大。

陈华一瞬间醒了酒。

二姑娘耳朵贴在陈华的床上，偷听，问，你晚上是不是就在这里偷听我。

陈华被问得窘了，极力否认，我没有。

二姑娘看着陈华，眼神里是成吨的挑衅，想不想去我的第二家酒馆看看？

陈华一呆，在哪？

二姑娘整个人都已经腻了上来。

陈华如愿看到了二姑娘的第二家酒馆。

这大概是这个星球上最小的，也是最容易喝醉的酒馆了。

这个晚上，陈华彻底明白了一个成语：醉生梦死。

晨光耀眼，陈华从醉生梦死中醒来，身边空了。

四处看，没有二姑娘的影子。

套上衣服冲下楼，春桃酒馆关着门。

陈华觉得自己做了个梦，上了楼，看到床头柜上放着一把钥匙，钥匙下面压着一张便签。

便签上写着：我有事离开几天，替我照顾春桃酒馆，酒店价目表和进货电话在吧台。

陈华抚摸着钥匙，至少确认了昨天晚上不是梦。

常来的酒客们，看着吧台里的老板换了个男人，还笨手笨脚的，有些不爽，问，老板娘呢？

陈华嘴上说，出门了，过几天就回来。

心里却不太敢确定。

他在二姑娘的第一家酒馆里忙碌，满脑子想的都是二姑娘的第二家酒馆。

有时候想得猛了，陈华就抽自己，大骂自己，无耻淫贼！

日子一天一天地过，陈华已经和酒客们打成了一片。

有时候和酒客们一起怀念着二姑娘。

试图从酒客们的只言片语中，拼凑出二姑娘的秘密。

不然，她也太像一个梦了。

还是个春梦。

可这个春梦，真让人想念啊。

三个月后，夏天快要过去了。

北京的秋天，是一年四季里最舒服的季节。

送走了最后一拨客人，陈华一个人开了一瓶 Raging bitch，看着外面那些树，抖落着自己的叶子。

这时候，二姑娘迎面走进来了。

陈华很平静，至少看起来很平静，递出去自己喝了一半的啤酒，喝点？

二姑娘接过来，喝了一大口。

你不问我去哪了？

你想说自己会说的。

还记得你问我，为什么要开这个酒馆吗？

记得。

这是我和前男友的约定。

哦。

我是个有始有终的人，说好的事情没做完，我心里难受。这三个月，我把以前打算要和他一起做的事情，都做完了。我想，我准备好了。

准备好了干吗？

请你来我的第三家酒馆。

在哪？

二姑娘指了指自己的心口。

陈华笑了，觉得自己心里，在那一刹那，精光四射。

人一生分四季，谁也不知道春天什么时候来。

十七岁那年，以为和他能永远

绿亦歌

To：十年后的自己

我觉得我仿佛经历了整个人生中最漫长的一天。先是被班主任叫到办公室谈话，问我最近是怎么回事。我没有说话，她很有耐心地等了一会儿，见我什么都不肯说，就让人去教室里把他叫来。

当我从班主任口中听到他的名字的时候，我就知道完蛋了。他走进办公室，看到我，也愣住了。我们站在办公室里，一起沉默。班主任说，不说话是吧，没关系，这事我得告诉你们父母，然后她出去打电话了。这时候，站在我旁边的他，忽然伸出手，勾了勾我的小拇指。他的手指很温暖，和他十指相扣的那一刻，我一下子觉得自己又浑身都是勇气，什么都不怕了。

在办公室里，我第一次见到了他的父母，他们在他身边，和我的父母对立而站。我觉得有些难过，为什么我和他要被分到不同的阵营？

班主任将我们谈恋爱的事情告诉了家长，用一种“小孩子过家家”的语气，她的语气让我觉得受到了羞辱。她分明是在说，屁大点的孩子，根本没有资格说什么爱不爱。她又不是我们！她凭什么可以嘲笑我们？因为年岁更大，就可以轻易判定别人的人生吗？我不服气！

可让我难过的是，我们的父母也是这样认为的。他们难道就没有年轻过？他们在年轻的时候就没有喜欢过人？我们相互喜欢有什么错？如果我们能保证不影响学习，那他们又有什么理由分开我们？

可是这些话，我一个字都不能说出口，因为妈妈哭了。我看到他愤怒地张嘴，想要辩解，目光交汇的一刹那，我摇了摇头，制止了他。

我被父母带回家，在办公室门口，我们一拨人向左，一拨人向右，他忽然转过头来，很大声地叫了我的名字，他的声音很大，整个办公室的人都听到了。我爸妈尴尬地站在那里，我也很大声地回答，喊了他的名字。夕阳落在我们脸上，我觉得我一生都不会忘记这一幕。

回家之后，爸妈和我谈了很久，说来说去就是让我们分手，甚至在他们看来，用分手这个词都太小题大做了。我告诉他们，我不会和他分开。他们很生气，威胁我如果我不和他分开，就不让我去上学了。

那天晚上，爸妈睡觉之后，我给他打了一个电话，他接起来，我们对着电话沉默了很久，听着彼此的呼吸，好像什么都不必说了。我当时好想对他说，带我走吧，去哪里都好，远离这个不能理解我们的世界，浪迹天涯。可是我知道这是痴人说梦，所以只能在电话里沉默。

我被爸妈在家里关了三天，最后我骗他们，说我会和他分手的，然后他们打电话通知了班主任，让她监督我。

从那天起，我和他本来就小心翼翼的相处变得更难了，我把想说的话写在本子上，下课的时候装作经过他面前，把本子放在上面。在走廊上迎面见到，又不敢说什么，连笑都不敢。

我变得越来越不快乐，看到他和别的女生说话我会嫉妒，恨不得告诉所有人：他喜欢的人是我。看到他在操场上打篮球的样子，又觉得他其实根本不属于我，他并没有因为我们的事情受到影响，他就像是翱翔在天空的雄鹰。

我开始胡思乱想，想让他注意，又不能被发现，觉得自己都要疯掉了，成绩也一落千丈。在这之前，我们谈恋爱根本没有影响学习，还会坐在一起相互讲题，我擅长文科，他擅长理科，明明很互补的。

因为考得不好，我又被班主任叫到了办公室，她用一种洋洋得意的表情对我说，看，我说什么，你们一定是偷偷摸摸搞些小动作，一考试就露馅了吧。

这一次，我们的父母又被叫到了办公室。因为成绩下降的人是我，所以这一次,他的父母都用一种被我拖累了的眼神,不耐烦地看着我。我低着头,不敢直视他的眼睛,所有的责骂声都冲着我而来。这时候,他忽然说话了。他上前一步,牵住我的手,说,抱歉,但是我觉得她没有做错什么。我忽然觉得好感动,我喜欢的人是他,这件事真是太好了。

我们的父母被激怒了,他们暴跳如雷地想要分开我们,但他一直挡在我前面,坚持认为我们没有错。吵到最后,他的父母呵斥他:你们根本就不懂什么是爱,爱是责任,是扶持,是包容。他说,就是因为不懂,才要慢慢去学习。

最后,他们决定再给我们一次机会,如果下一次考试成绩没有回升,或者做出任何出格的事情,就立刻把我们转学分开。

回家之后,妈妈给我看了杂志上的一个故事,是一位母亲写给早恋的女儿,在信的最后,这位母亲说,如果我无法阻止,那么我希望你记住,为了他,为了爱情,你只有变得更加优秀。

我给十年后的自己写了一封信。我一定会好好努力,我希望十年后,我能够堂堂正正,昂首挺胸地告诉所有人,我没有错。想一想,等到你拆开这封信的时候,我一定已经和他结婚生子了吧,要是能生个女儿就最好了!到时候,我可以给她穿上美美的公主裙,给她拍漂亮的照片。

我想,如果有一天,我睁开眼来,看到的第一个人就是他,那一定就是我人生中最幸福的时刻了。为了那一天，那一刻，那样一个未来，我也会好好努力的，请在未来等我。

From：十年后的自己

请原谅我，搬家时发现你这封信已经太迟，我已经无法再体会你当初的感受。你的愤怒、你的呐喊、你的不甘、你的深情……我统统都忘了。我和他分开，也已经有好多年了。

分手是和平分手，我们都爱上了别人。或者你不会相信，但是这就是真相，我和他，都背叛了十年前的你们。

爱情究竟是什么？我不知道。可是我好像，又有一点点懂了，当年父母和老师们的嘲笑。

你问我，从少年到青年究竟会经历什么，其实也没有什么大事，只是被时间从身后追上来，跑到了我们前头。

高考的压力没有让我们分开，父母和老师的相逼也没有让我们分开。可当我们都真正自由了，甚至考到了一所大学，童话里美好的结局就在前方，只用踮踮脚就能到达了，我们却分开了。

回过头来，想到彼此当初的坚持和惊天动地，只觉得一片唏嘘。我知道，我此时此刻，应该十分坚定地告诉你，我从来没有后悔过。因为爱过，才叫青春啊。

生命中再深的爱恋，都抵不过时间。何况十七岁那年，你的世界还太小，你觉得非这个人不可，可实际上，并不是这样的。世界很大，有太多有趣的人。你在十六七岁时爱上的那个人，他和你一样不成熟，你们要走的路实在太长。当你们踏入新的天地的时候，才会发现，其实你们并不适合。

我相信世界上有至死不渝、非卿不可，可是那样的感情实在是太少了，所以才叫传奇，而你我不过是茫茫红尘中，一个最普通最普通的人。

有时候，我会想，如果当年没有喜欢上他，没有因为他耽误了学习，考上了更好的大学，会遇见不同的人，经历不同的人生吧。

我接受我现在所拥有的人生，不过如果时光真的能够重来，我想要自己放开他的手，去尝试另外一种人生。

只是我知道，如果你在十七岁的时候就收到了我的这封回信，你也还是会坚定地继续自己的选择吧。所以，该发生的，已经发生了，它是注定的。

我的人生很贵，恕不奉陪

李娜

[01]

刚毕业工作的小读者问我，不喜欢的女同事总喊我逛街，怎么办？

我说，不想去就拒绝啊。

她说，不知道该怎么拒绝，怕同事生气，更担心自己寂寥冷清，不会社交，人缘差，不合群。

我想起自己，以前在北京上班的时候，每周至少三天奔赴各种饭局和 party（聚会），夜里 12 点踩着一地月光回到家，脱掉高跟鞋，卸掉睫毛膏，更加空虚和寂寥的感觉涌上心头。

那时候，我的生活看似丰盛热闹，实则陷入真正的困境。而廉价的抱团取暖，并没有从根本上解决我人生的困境，反而让我陷于表面的繁荣，逃避了实质的问题。

巨大而陌生的城市，每一天都在上演不同的剧情，人们容易相识，更容易相忘。

离开北京之后，曾经一起把酒言欢、夜夜笙歌、畅谈人生和理想的朋友，沦为微信上的点赞之交。没有“何当共剪西窗烛，却话巴山夜雨时”的怀念和憧憬，我们甚至吝啬到，再也不会给彼此发一个讯息。

在新城市开始新事业，我常常忙得焦头烂额，在清楚了“每一张纸巾都需要自己赚”之后，我变得没有时间社交，甚至跟出版社、合作商谈事的时候，都要控制时间成本。

那些不相干的，纯属 kill time（消磨时间）的聚会，我当然都拒绝了。然而我的人生，开始一点一点变得好了起来：

我开始真正站在了梦想的起跑线上，并且非常高效地推进工作的进展，掌控着事情的节奏。

我和家人的亲密关系更好，内心更加幸福，情绪更加稳定，因为我开始舍得花时间去陪伴他们、去经营关系。

我重要的朋友，珍贵的、有价值的友情变得清晰可辨，他们就像珍珠，大浪淘沙之后才显现出耀眼的光芒，而我知道他们会一直在。

因为我明白了人生最珍贵的是什么，所以如今对那些看似繁花似锦，实则无聊、无趣、又无用的社交，可以很笃定地说：恕不奉陪。

[02]

你把时间“浪费”在哪儿，就会成为什么样的人。

忙于社交的人，他们的精力和时间都消耗在如何穿衣打扮更受欢迎、怎么说话妥帖而机灵、怎样让别人喜欢自己、如何结交到高层次的朋友……

他们很看重人脉和人缘，会因为某个朋友忽然疏远了自己，而惴惴不安，没有意识到其实这是非常大的内耗。

因为人的注意力是有限的，人的一生只有两万多天。你倾注了时间在 A，必然会折损掉投入 B 的时间。

人类真正的价值在于创造，真正的幸福来源于亲密关系。

而你无论在任何领域取得成就，都至少要两万个小时的专注投入。你想拥有稳定有质量的亲密关系，就必然要花时间去深度陪伴对方，去消解误会，去彼此共同成长。

后来我发现，其实聪明人不会陷于无效的社交，也不会和消耗他们的任何人与事过多纠缠。他们往往看起来我行我素、喜欢独处、不在意他人的眼光和评价，甚至冷漠得不近人情。

这是因为他们没有自卑感，无需用觥筹交错的热闹、来自他人的评价来满足自尊和安全感。

他们明白一件事：时间是一个人最宝贵的财富，所以一定要用在可以创造价值的事情上。

我的小女友刘晓猫，大学和研究生念的是北大最顶尖的专业，毕业后在一间高强度的金融公司上班，忙到飞起，我和她每次见面时间不超过15分钟，想约个饭一直未遂。

她下班后都干吗呢？

把所有业余的时间用来做她最热爱的事：画画。

去年她已经作为插画师为出版社的图书做插画，出版的两部作品惊为天人。前不久我的编辑跟我说，想给我的书配插画，她找了好多插画师都不满意，问我有没有推荐的。

我把晓猫的名片给她，编辑淡淡地说，那让她画个样图看看吧。

第二天，编辑特激动地找到我，说被晓猫的画征服了，想马上签合同，问我同不同意。

你看，你的人生其实很贵。你要把时间用在真正有价值有意义的事情上，因为才华和实力，永远比所谓的人缘重要。

[03]

也许你会说，中国是个人情社会，有些社交和应酬我也不想参加的，可是为了生存，为了发展，被逼无奈啊。

讲个真实的故事。

我有个研究生同学，父母都是生意人。他爸爸从来不参加酒局、不去 KTV，也没有人敢邀请他爸爸去 KTV 那种地方。

为什么呢？

因为在他小时候，他爸爸第一次被邀请去 KTV 的时候，那种地方你懂的，不单纯是唱歌而已。他爸爸拒绝无效，硬着头皮去参加了——不过，他是带着老婆和儿子一起参加。

当时在场的人都震惊了，然后就再也没有人敢发出此类邀请。同学爸爸的生意一直如日中天，未受到丝毫影响。

因为真正的人脉从来不是攀附，而是吸引。你有多大的价值，就会吸引多高级的朋友，来找你合作，来同你交换价值。

价值的交换，除了真金白银的利益，还包括对事物的认知、对人生的领悟、对世界运行规律的深刻洞察、对未来趋势的高度预见。

微信创始人张小龙曾说：“我从未见过一个热闹的人，会发出耀眼的光芒。”

你的价值和实力，都需要在独处中修炼和建造。

愿你把时间当作最好的朋友，珍视它，运用它，去创造热爱的事业，去陪伴真正爱的人，在有限的生命里，活得无限宽阔、斑斓、丰盛。

愿你有勇气和底气，对那些你不喜欢的人和事说：对不起，我的人生很贵，恕不奉陪。